山羊と水葬

くぼたのぞみ

山羊と水葬

くぼたのぞみ

もくじ

装画　尾柳佳枝

山羊と水葬

記憶のなかのピンネシリ

人は人生において心から愛せる風景はひとつしかないと思う。多くの地理地形をすばらしいと思い楽しむことはできても、直感的に愛することができるのはひとつの風景だけだ。

——J・M・クッツェー

北海道に生まれて育った偶然を「運命」と呼んでいいのかどうか、わからないまま東京に移り住んで長い時間がすぎた。そしていま思うのは、それはたぶん、かけがえのないものだったにちがいないということだ。

その子が生まれたとき、そこはまだ村だった。バスが通る道幅の広い六号線から山二線に折れて一キロほど行くと、右手にマッチ箱のような木造平屋の家があった。そこで生まれた、そうだ。そのときの記憶がない者には「そうだ」としか言いようがない。それはまだ赤ん坊が「お産婆さん」の手で取りあげられていたころで、真冬だった。吹雪けば細い道はたちまちかき消される。戦後まもないころだから、新生児や母体に異変が起きても医師がきてくれることはない。電話もない。母にとって二度目のお産とはいえ、さぞかし心細かったことだろうと、三人の子を産み育てたいま、ふと考える。

ちいさな家の緑色のトタン屋根は、冬の積雪にそなえた急勾配の造りで、二月ともなればひさし近くまで雪が積もり、屋内は薄暗くなったけれど、北側の屋根からスキーで滑り降りることができた。ひさしの手前でジャンプするのだ！

初夏になると、家のまわりは一面の田畑や水路で囲まれる。玄関の前に白樺の木が一本あって、いつもそばに山羊がいた。家から道路までの引きこみ路をはさむように二本のポプラが生えていて、近くで山羊が草を食んでいた。そのポプラの一本を利用して、父がブランコを設えたのはいつだったか。踏み板を吊るすチェーンが地面と平行になるほど、兄妹で競うようにして漕いだ。恐さを知らない子どもの特権だ。そのポプラは洞爺丸を津軽海峡に沈めた台風十五号で倒れ、ブランコ遊びは幕を閉じた。

　家から六号線へ向かって歩いていくと、まんなかあたりで五号線とぶつかる。そこから急に登り坂になった。崖の下を流れる川へバケツを持って水遊びにいったことがある。魚捕りをしたのだろう、兄と向かいの男の子が柳の枝で作った竿を持っていた。少女も川のなかに足を入れて夢中になって遊んでいるうちに、いきなり、ぬるりと滑って水中にもぐった。したたか水を飲んだ。踏みしめる足場がなかった、突然の恐怖。なんとか水のなかで立って、這いあがり、おーん、おーん、と砂利道を泣いて帰った。

　あれはたぶん、幼い子どもにとっては未知の世界に無防備にさらされた最初の体験だったかもしれない。それほど大きな川ではなかったけれど、就学前の子どもが水の計り知れない恐怖を体験するには十分な水量だった。

　十歳のとき、五百メートルほどバス停に近い赤い屋根の、新しい家に引っ越した。二階に自分だけの部屋ができたのがなにより嬉しかった。中学と高校はここから通った。狭い田舎に閉じこめられたくない、ひとつの言語に閉じこめられたくない、世界は広いのだ、とコスモポリタンへの憧れを風船のように膨らませたのはこの家に住んでいたころだ。南向きの一枚ガラスの二重窓からいつも見えた山、ピンネシリ。その青い山影が、どれほど長く、強く、心の襞に刻みこまれた風景になっていたか、そのときはまだ意識することはなかった。田植えの終わった田んぼからは初夏になるとにぎやかな蛙の大合唱が聞こえ、水路が段差になって流れ落ちる水音が眠りに落ちようとする耳を揺すった。

　さまざまなことが夢のように思い出されても、その光景は遠いむかしの村や町の風景であって、現実のものではない。そのことは十分わかってはいるのだけれど、それでも、この世に生まれてから最初に住み暮らした土地の記憶は、すでに、それだけで決定的な、唯一無二のものとなる。いずれ出ていくと決めたときから、決して忘れないだろうと思ってきたのが、田畑に囲まれた家のまわりの風景だった。

何度か帰郷したが、そのたびに、目の前に幼少期の記憶とはまったく異なる風景が広がっていた。土地そのものが変化していた。見る側の変化も予想以上に大きいことを知らされた。緑の屋根の家と赤い屋根の家を取り囲むふたつの風景は、おそらく何度も二重写しになって、無意識の絵筆による修正を受けながら、上書きされていった。

山羊と水葬

「ニンゲンに生まれてよかった」とちいさな兄がぽろりと言ったのは春に仔山羊が生まれたときだ。物心ついたときから家には山羊がいて、雪解けには間のある三月に仔山羊がたいてい三匹生まれた。二匹が雌で一匹が雄、生き残るのはどういうわけか雌だけだった。不思議に思った幼い兄が両親に訊ねた。その答えを聞いたとき、兄はニンゲンに生まれてよかったと心底思ったにちがいない。寒さが厳しいときは、そのニンゲンの住む家のなかで、ストーブのそばに囲いを作って仔山羊を飼ったこともある。少女がまだ小学校に入る前の話だけれど。

母山羊は当時、近所のどの家の山羊よりも大きく、立派な体格をしていた。乳もよく出た。山羊の乳は特有の臭みがあるといって嫌う人もいたけれど、その山羊の出す乳は臭くなかった。噂を聞きつけて、遠くから、わざわざ分けてほしいといってやってくる人もいたほどだ。世話の仕方だ、と母はいっていた。清潔にしておくこと、食べさせる餌に注意すること。餌として、いったいなにが良くてなにが悪いのか、いまとなっては思い出せない。

その山羊を、家族はみんな「メエコ」と呼んでいた。なぜかは知らない。「メエメエ」となくからメエコだったのか。猫がニャンニャンとなくからニャンコというのと、さほど変わらない名づけ方ではないか。でも三歳の少女と四歳の兄にとっては、とてもわかりやすく、呼びやすい名前ではあった。「あれが、うちのメエコッ！」といって、山羊を飼っていない人たちに、わけもなく自慢した。

吹雪もやんだ朝だった。きらきらと雪原にまばゆい光が反射して、目が痛いほど晴れわたったある日、山羊小屋から緊張した気配が伝わってきた。いつものように餌をやりにいって、戻ってきた父の顔つきが変わっていた。ふたつに仕切られた山羊小屋の、外側の、餌などを置いていた部分に仕掛けられた鼠捕りの毒だんごを、母山羊が食べてしまったのだ。仕切り口の扉の掛けがねを山羊が鼻先で開けてしまったらしい。

じつに頭のいい山羊だった。生まれたばかりの仔山羊が暖かい家のなかで数日すごしたあと、ニンゲンの子どもたちにせがまれてその母親が首に結んだ赤や青の布切れを、どれほど固く結んでおいても、母山羊はみごとに外してしまった。そんな頭の良さが災いとなった。

当時の積雪は半端ではなかった。降り積もった雪の深さは一メートルをゆうに超えた。その下の凍った土を掘り返して、山羊を埋めることなど問題外だった。父が隣の親戚の家へ相談にいった。馬橇《ばそり》を出してくれることになった。凍った山羊の体を馬橇にのせて、石狩川の橋の上から落とす。水葬だ。父から、おまえもいっしょに行くか、ときかれて、少女は思わず「行く！」と答えた。兄もいっしょに行った。

その日は吹雪になった。ガチガチに凍った山羊の体に筵《むしろ》がかけられ、枠のついた馬橇のすみに積みこまれた。幌などない。吹きつける雪のなかで手綱を握る従兄の耳つき帽にも、ほおかぶりする少女のピンクのチェックのスカーフにも、風は情け容赦なく、渇いた細かい雪片をたたきつけた。

いつもならバスで行く隣町への道を、馬橇にのって走っていた。オーバーコートの襟を両手でつかんで、なるべく下を向き、雪が顔にあたらないようにする。視界はかぎられている。そのとき、筵の下の山羊の体が赤いことに気づいた。ミトンをはめた手を伸ばし、藁《わら》と藁のすきまを少しだけ開いて、のぞく。肉だ。白い毛はない。皮ごと剝がされている。赤い肉に、筵の藁のすきまから吹きつけられた白い雪が、うっすらと細い線になって凍りついていた。

やがて石狩川にかかった橋の上に着いた。数人の男たちで声をかけあい、筵ごと持ちあげて、緑色の鉄材で囲まれた橋の欄干の向こうへ落とした。水しぶきが見えたかどうか、覚えていない。白い幕のように煙る吹雪のなかに「それ」は消えていった。少女の記憶はそこでふっつり途切れる。

春になって若草が萌えるころ、新しい仔山羊が来た。前の山羊ほど立派な体格ではなかったけれど、血統書つきの若い雌だ。これもまた角のない山羊で、耳の内側に烙印が捺してある。七桁ほどの数字とアルファベット。血統書によると、名前は「マサル7号」。よくじゃれた。学校から帰ってくると、草地で草を食んでいる仔山羊と追いかけっこをして、ひとしきり遊んだ。友だちと遊ぶのはそれからだ。

そんな暮らしも数年のうちに終わりを迎えた。それまで世話をしてきた母親が隣町の病院に再就職して、看護婦として働きはじめたからだ。家もバス停の少し近くへ移った。米と野菜だけは自給できる程度に作っていた田畑も本家へ返した。新しい家の裏手には、わずかばかりの土地に、家族が食べるキュウリ、ナス、トマト、イチゴなどが植えつけられてはいたけれど、山羊を飼いつづけるための広い草地を確保することは難しく、冬場の乾燥飼料を作るための草も人手もなかった。日中、山羊の世話をする人間がいなくなると、それまでは真っ白だった山羊の体が、次第に薄汚れていった。

母親が仕事に出て、家には電気洗濯機、冷蔵庫、テレビなどがつぎつぎと入ってきた。そして山羊の「マサル7号」が、裏手の小屋から姿を消した。隣家の農家へもらわれていったのだ。なんとなく淋しかったけれど、来年は中学という少女も、すでに白線の学生帽をかぶった兄も、世話を買って出ることはなかった。それがどれほど大変なことが、よくわかっていたからだ。隣家の畑につながれた「マサル7号」の体がさらに黄ばんでいった。

遠目にそれを見ながら、少女は布張りの木箱のなかに真空管がならぶ古い五級ラジオのダイヤルを東京の局に必死に合わせて、雑音のなかから断続的に聞こえてくる「ハローポップス」に夢中になっていった。ビートルズ、ゾンビーズ、サーチャーズ、デイヴ・クラーク・ファイヴ、ピーター&ゴードン。マッシュルームカットにした「白い男の子たち」のブリティッシュポップスだ。そうなるともう山羊のことなど眼中になく、狭い北の田舎町から、心はひたすら、遠いメトロポリスへと飛んでいた。

神威岬の奇岩

シャコタン、積丹、シャクコタン。アイヌ語で「夏の村」という意味だ。そんなことも知らずにこの土地に養われた。

学生のころ、夏の帰郷のたびに訪ねていた土地がある。積丹半島の先端に位置する余別という町だ。初めてそこを訪れたのは小学生のころだ。母と兄と三人で、母の看護学校の先輩であるKさんが保健所に住みこみ、保健婦として働いているその町へ行ったのは、小学四年生のときだっただろうか。

石狩平野のやや北側に位置する稲作地帯のちいさな町に住んでいたので、海にはほとんど縁がなかった。海辺の町へ行く、と聞いただけで胸がどきどきした。

まず隣町までバスで出て、函館本線の汽車に乗りこみ、札幌で乗り継いで小樽を通り、右手に海を見ながらその先の余市まで行く。そのころの汽車は蒸気機関で動く黒い車輌で、どれくらい時間がかかったのだろう、茶色いニスを塗った木枠の窓を開けて緑色の布張りシートのボックス席に座っていると、終着駅に着くころには白いブラウスの袖口がすっかり黒ずんでいた。

余市からまたバスに乗った。細い未舗装の道路を、土埃をあげながら走るバスに揺られて、古平、三国と半島の先まで進むうちに、道はどんどん細くなり、車一台がやっと通れる道幅になった。対向車がくるとどちらかがバックしたり、徐行して前進したり、道幅が広めのところまで移動してから、ようやくすれちがうのだ。断崖の向こうに海を見ながら、バスは前進し、バスは後退する。正直いって、怖かった。いつも外の風景がよく見える窓側の席に座らせてもらうのに、そのときだけは崖の下を見るのが怖くて、山側の樹木や、その上に広がる空ばかり見ていた。

やっと到着した余別という町は圧倒的な磯の匂いに包まれていた。夕飯にブリの刺身が出た。「お昼までは海ですいすい泳いでいた魚なんだよお」といいながら、Kさんは、ぶつ切りにした刺身と、魚のあらをたっぷり使った汁物を出してくれた。まるい卓袱台には大きなどんぶりいっぱいのウニの塩漬けがのっていた。熱々のごはんにのせて思い切りほおばった。

初めて食べるブリの刺身は舌の上でとろけるように美味しかった。冷凍庫などまだ発達していないころのことだ。あんなに美味しいブリの刺身は、それ以後、食べたことがない、と言い続ける味覚体験となって記憶の底に刻みこまれた。

農村地帯から海辺の町への土産はいつも産みたての卵と決まっていた。当時はこじゃれたケースなどなかったから、新聞紙で一個一個くるんで、厚めの菓子箱のなかにならべていく。ふたをして、なかで卵が動かないよう、新聞紙で包んで、揺れるバスにも耐えられるように風呂敷でしっかり包む。産みたて卵はとても喜ばれた。

学生時代に東京から夏の積丹を訪れるころには、バス道路は舗装されて、道幅もぐんと広がり、断崖から堕ちるかもしれないという不安は消えた。陽のあたる岩場の海でよく泳いだ。泳いだといっても、泳ぎがまったく不得手だったので、正しくは岩から岩までばちゃばちゃと移動するだけだ。砂地で焚き火をして、みんなでごはんを食べた。浜鍋だ。大きな鍋を火にかけ、そこへ採れたての魚や貝などを野菜といっしょに放りこみ、火が通ったら、おにぎりといっしょにかたっぱしから食べるのだ。贅沢で豪快な浜鍋。

ムラサキウニは殻からじかに食べた。Ｋさんの娘さんに、泳いでいる最中にもぐって採ってくることを教えてもらったのだ。こぶし大のウニは鋭いとげがたっぷり生えているので、それを慎重に指でつまみ、爪でぱくっと割って、ほんのり橙色のとろりとした身を小指ですくって食べた。

タオルを首に巻いたＫさんの後ろから、朝もやのなかを神威岬の灯台まで何度か足を運んだ。草をかきわけるようにして細い道を進むのだ。初めて訪れたときからすでに灯台は無人だった。岬の突端に出て、入江の向こうをながめる母の口から、木田金次郎という名前がこぼれ出た。対岸の岩内に縁のある画家の名だ。有島武郎の『生れ出づる悩み』のモデルになった画家だそうだ。母の声が、札幌ですごした看護学校時代の青春の思い出と響き合うのか、岬の風に吹かれて華やかに、いつもとちょっとちがって聞こえた。

灯台からの帰りは海辺に沿った岩肌の道を進んだ。歩きながらＫさんが話してくれた。「むかし灯台守の奥さんが病気の赤ん坊をおぶってこの浜を歩いてきてさあ、帰りに子どもといっしょに波にさらわれたんだよぉ。その日はひどい吹雪だった」小学生にとってはまたしても怖い話だ。雪をたたきつける暴風に加えて、凍るような海水が大波となって襲いかかるのだから。

学生時代に積丹を訪れるたびに、岬までの道でかならずその話を思い出した。浜辺から少し離れたところに、波に削り取られた奇岩があって、女の人がすっくと立っているような姿をしているのだ。

積丹、シャコタン、シャクコタン。夏休みに訪ねるたびに、逆光に浮かぶ奇岩に目が吸い寄せられた。子どもを背負って、吹きつける雪混じりの烈風に抗いながら、冬の暗い浜辺を歩く灯台守の奥さんの姿がそっくり重なって見えた。

産みたて卵につみはない

「鶏のえさ箱がどうしていつも落ちるのか、これでわかった！」といいながら、鶏小屋の外で待ち構えていた母は、真っ白な球面にざらりとした感触が残る温かい卵をその子から受け取った。

鶏小屋のなかの、まるく摺り鉢状になった藁の上には、いつも卵が一個か二個のっていた。それを採ってくるのが面白くて、遊び相手のいないその子は、たいくつ紛れにふと思いつくと、いつも鶏小屋の窓からなかへ入りこんだ。「本当の入口」

は小屋の横にある、蝶番のついた大きな板戸だ。

　その板戸を開けて鶏小屋まで行くには、山羊のいる場所を通らなければならない。屋外の草っ原とちがって、チェーンでつながれていない大きな山羊が、壁の近くの寝藁のなかに細い目をしてうずくまっている。だから、その隣を歩いていくことになる。おまけに、山羊が逃げ出さないよう、板戸は開けたらすぐに閉めて、しっかりかんぬきをかけることになっていた。もたもたしていると、起きあがってきた山羊に、どけろどけろ、といわんばかりに鼻面で背中を押される。山羊が外へ出てしまうかもしれない。そうなると手に負えない。しかられる。

　だから山羊が小屋にいるときは、「本当の入口」は避けて、もっぱら鶏小屋のちいさな窓から入った。窓枠の下の部分は子どもの胸のあたりだ。窓を押し開け、ゴムの短靴をはいた片足を思いっきりあげて窓枠にかける。縦板につかまって、よじのぼる。鶏小屋の床は地面より少し高いだけだし、入るときは手ぶらだから飛び降りればいい。

　窓を閉めて、ざわつく鶏たちのあいだを縫って奥へ進み、棚に寝藁が敷かれた摺り鉢状の「巣」へ近づく。鶏が座っていないときは簡単だ。藁の上にほっこり浮かんだ卵をそのままいただけばいい。鶏が座っているときでも両手でふかふかの白い体を抱きあげると、その下に真っ白な温かい卵が見つかる。

　収穫した卵が二個あるときは一個をポケットに入れ、残りの一個を片手に持つ。それからが問題だ。手が半分ふさがった状態で外へ出なければならない。そこで窓の下側に引っ掛けてある、横長の餌箱に片足をのせて、あいている片手で窓枠につかまり、えいっと勢いをつけてのぼる。そして外の地面に飛び降りる。このとき必ずといっていいほど、ゴム短で踏んづけた餌箱が、背後でカタリと落ちる。

　というわけで卵集めのあとはいつも餌箱が落ちてしまうのだが、もちろん、そんなことまで母には報告しない。あるとき現場をおさえられた。それで踏んづけているのがばれたのだ。

　痛い思いもした。いつものように窓から侵入して「巣」まで近づくと、鶏が藁の上にしっかり陣取っている。真っ白な羽根で包まれた体を持ちあげると、これから卵を産むところだった。鶏の体をそのまま降ろして、下側から手で探るようにして卵のはしをつかみ、鶏のお尻からスポッと抜いた。温かい卵は正真正銘の産みたてだ。次の瞬間、手の甲にツンと痛みが走った。鶏がくちばしで突いたのだ。鶏は赤いとさかを立て、目を剝いて、ご機嫌ななめ。無理もない。

　でもそれで卵集めのシゴトが終わりになることはなかった。卵採りは五歳の子どもが存在を主張できる数少ないチャンスなのだ。一歳ちがいの兄はぴかぴかのランドセルを背負ってガッコウへ行ってしまい、話す相手がいない。遊ぶ相手もいない。幼稚園も保育園もない村の、隣家まで数十メートルもある家に暮らす子どもにとって、日々は大きな時間の塊でふさがるばかり。テレビもない。電話もない。くる日もくる日も、ひとり遊びに飽きて、まだ終らない時間がつづく。

　田んぼのなかで泥をはねかしながらプラウを牽く脚の太い馬、植えられた稲株のまわりのぬるくて浅い水のなかを、尻尾をふって泳ぎまわるオタマジャクシ、ゴム短の靴裏で何匹も踏みつぶしたちいさなアオガエル（カエルさん、ごめんなさい）、もっこり脂っぽいマントを着た灰色の羊、ちゃんと鼠を捕ってぶっかけ飯を食べる隣家の三毛猫、おやつ代わりの四合びんの乳を出してくれる大きな白い山羊、水路のへりからざるですくったドジョウを金網ごしに投げあたえると羽根を散らして争奪戦をくりひろげる鶏たち、煙突と屋根のすきまに巣を作る雀、黄金色の稲の穂先に止まる矢車トンボ、勢いをつけて草むらに踏みこむと四方八方に飛び交うバッタ、ホバリングしてアカツメクサの蜜を吸う蜂、盛りあがったちいさな赤土の小山を棒で掘り返すと右往左往する蟻、釣り餌にするため排水溝わきの湿った土を掘り返すと出るわ出るわ大小のイトミミズ。

　生きて動くものたちのあいだに、遊び相手のいないニンゲンの子どもがひとり、陽も高く、観察時間だけはたっぷりとあった。

怪我はもっぱら自転車が

小学五年生の秋に引っ越した赤い屋根の家は二階建てだった。緑の屋根の平屋の家はロープで縛られてコロに乗せられ、小型トラックに引かれていった。売られたのだ。家屋そのものを移動させて売り買いすることをそのとき初めて知った。なんだかハリケーンに吹き飛ばされて移動するカリブ海諸島の小屋のようだ、と思ったのはもちろんずいぶんあとのことだ。

二軒が面していた細い未舗装の道は山二線と呼ばれていた。原野だった土地を切り開いて作った村や町の道は、碁盤の目のようで、自然にできた集落や都市とは異なり、端から順に番号がふられた。古くは奈良や京都、近代でいえばニューヨーク、サッポロもまた。

　自家用車はまだ普及していない時代だ。隣家まで何十メートルもある田舎では、自転車は必需品であり貴重品だった。少女は乗り方を就学前にマスターした。母親の婦人用自転車をもっぱら「横乗り」方式で乗りこなしたのだ。ハンドルからサドルまで直線のバーで繋がっていない自転車だったから、まず腕を伸ばしてハンドルをしっかり握り、車体を向こう斜めに倒して足を横から入れてペダルを漕ぐ。いわゆる横乗り。未舗装の砂利道でバランスが危うくなると、自転車を放り出して身ひとつで道の端に飛ぶ。そうすれば転んでもかすり傷ですむ。大きな怪我はもっぱら大人用の自転車が負った。激突した衝撃によって、車輪の中央に埋められたボールベアリングにひびが入り、あまりに怪我の多い自転車の持ち主とその夫が少女に子ども用の自転車を買いあたえた。

　小学二年のときだ。授業中に教室の窓ガラスをたたく人がいた。いつも苦虫をかみつぶしたような表情を浮かべてにらみつける担任のシモダ先生が窓の外を見て微笑んだ。それでなくてもあめ玉を含んだような頰がさらにふくらんだ。誰かと話している。そしてやおら振り向くと、その子の名前を呼んだ。驚いた。「さん」づけだった。

言外でも身振りでも「カワイクナイ、オマエガキライ」とためらいなく伝えてくるこの女性教師、いつもなら呼び捨てなのに、と少女は異様な緊張に包まれた。声はなにやら高揚感さえ帯びている。窓の外に、買ったばかりの自転車に娘を乗せてみたくて堪えきれなくなった父がいると知ったときは、さらに驚いた。自転車はとても欲しかったものだから、ばつの悪い特別あつかいにどぎまぎしながらも、外へ出て、ピカピカの子ども用自転車に試乗した。なんとも牧歌的な話ではある。

J・M・クッツェーの『少年時代』の最初の章に、少年の母親が「この家の四人になんかならない」「わたしは自由になる」といって自転車を手に入れる話が出てくる。田舎町に引っ越した一家には自動車はなかった。あれは一九四八年ころのアフリカ大陸南端の話だった。この作品を読むと、当時、自転車に乗れるとは「移動の自由」を手に入れることでもあったとわかる。

カリブ海に浮かぶグアドループという島で裕福な黒人家庭に育って作家になったマリーズ・コンデも、少女時代に自転車を手に入れたときの喜びを書いている。回想記『心は泣いたり笑ったり』に、それは十五歳のときとあったから一九五〇年前後のことだろう。

東アジアの列島北端の旧植民地で、少女の母親が自転車に乗りはじめたのはそれより少しあとになるだろうか。それでも、アメリカ仕込みのキリスト教的開拓精神に富んだ母親が、さっそうと自転車に乗りはじめたのは、看護婦として再び働くようになるずっと前で、周囲の農家の女性たちよりずいぶん早かった。

子ども用のピカピカの自転車を手に入れてからというもの、友だちのいない少女にとって自転車はかけがえのない親友となった。学校へ行くときも自転車、放課後の自由時間も自転車。世界がぐんと広がった。山の奥までふらりと入っていって、この道はどこまで続くかという好奇心を満たした。自転車が七歳の少女に移動の自由をくれたのだ。どれほど遠出しても、見覚えのある碁盤の目の一本にさえたどり着けば、家まで帰る道につながる。だから道に迷うことはなかった。七歳の少女にとって、自転車は移動手段というだけでなく、遠隔の地に「閉じこめられないこと」を体感するシンボルになっていった。

道産子

隣家には馬がいた。その子が住んでいた緑の屋根のちいさな家はいわゆる「分家」で、馬がいたのは「本家」、父親の実家だ。太い胴体が栗色、尻尾はそれより黒っぽく、鼻づらに太く白い帯が縦に走っていた。どっしりした胴体にごつい脚、蹄鉄を打ったくるぶしも、ひずめも、ずいぶん大きかった。湿った地面に残ったまるい足跡にゴム短をはいた足を入れて、その子はよく大きさを測った。

液化燃料を使う耕耘機が入る前、農村の動力は馬だった。馬がいる家というのは、馬を使わなければ耕し切れない田畑を所有しているということだった。雪が解けるのを待ちかねて田起こしが始まる。となると休む暇なく作業が続く。プラウを使って本家の長男が、無駄のない手綱さばきで馬を操り、田んぼを起こしていくのをその子はじっとながめた。

　プラウというのは馬に牽かせて、分厚い剣先スコップのような刃を田んぼに突き刺して土を起こす道具で、人はオートバイのハンドルを握るように両腕を広げて支えつづけなければならない。バランスを崩すと切っ先がすぐに浮いてしまい、馬の牽引力と釣り合わなくなる。どうしてあんなに上手に馬があつかえるのか。不思議に思ったその子は、一度だけせがんで握りをつかませてもらった。だが、とても子どもの手に負えるものではなかった。

　土を起こしたら水路から水を入れて「ならし」だ。土に水を混ぜて練り返す作業である。幅のある巨大な熊手のような道具を馬に牽かせて土を練る。人も馬も泥だらけだ。若草の生えた畦道にバシャッと泥がはねかかる。一日の仕事が終わると馬に水をかけてブラシで洗ってやる。だんだん薄暗くなって冷たい風が吹く夕刻、明日もまた作業はつづく。

田植えが終わると馬は一段落、秋の稲刈りの時期までお休み——だったのだろうか、夏に馬が働く姿は思い出せない。

その馬は雄だった。去勢してあるとかないとか、大人たちの口からこぼれたことば。だが馬がオシッコをする場面は何度も目にした。後ろ脚の付け根から太いペニスがにゅーっと伸びて放尿される場面は壮観だった。地面に泡が立って、土がまるく掘り返された。子どもたちは自分の目の高さでくり広げられる出来事に無言で見入った。

糞をする場面もまた大スペクタクルだ。馬具に繋がれたままだから、立ち止まってそこで用を足す。ふさふさした尻尾をぐいと持ちあげ、肛門から茶色のまんじゅうをぽろぽろっと落とす。つやつやである。道端で荷馬車や馬橇を引いているなら、そのまま未舗装の道路への湯気のたった贈り物だ。春になるとそれまで埋もれていた糞が雪上に顔を出して散らばり、乾いた欠片が春風に吹かれて……いやはや。アレルギーなんてことばが知られていないころ、その子はいつも朝はくしゃみ、鼻水に悩まされた。北海道にはスギがない。鼻づまりがひどくなると隣町の耳鼻科に連れられていった。慢性鼻炎と病名がつけられた。

馬はその子にとって家で飼っている山羊や鶏とはちがい、ちょっと恐い動物だった。とにかく図体がでかいのだ。飼い葉桶から草を食む歯一枚がその子の手のひらほどもありそうだ。でも、馬具一式をつけられて、ピシリと臀部を打たれて動く馬の大きな目に、ときおり、いいようのない光が射すことに気づいた。「いうことをきかない馬だったので売り飛ばした」とか「馬肉にした」という他家の男たちの噂も小耳にはさんだ。本家の馬は大事にあつかわれているのは子どもながらに感じていた。使い手が自分の汚れ落としをあとまわしにして、まず馬を洗っていたのだ。馬をきちんとあつかえることが農家の長男にとっては必須の技術だったのだろう。

秋になると刈り取った稲の束をはさにかけて乾かす。丸太を組んで縄を渡したそのはさまで、馬橇に稲の束を積んで運ぶ。馬橇が通ると、やわらかな粘土質の土の表面に、ベルベットもかくやと思われるすべすべの跡が二本できた。その子はこれが大好きで、何度も手で撫でまわした。

冬になるとブルドーザーの入らない山二線では、自転車は無用の長物となって物置にしまいこまれた。吹雪いて明けた朝は、道がきれいに消滅する。三角形のちいさな木製の橇に人が乗り、馬に牽かせて跡をつける。通学路を確保するためだ。それまで道はない。橇が通るのを見計らって登校する。通らないときはゴム長に雪が入らないようカバーをかけて雪をこいでいくか、前の人の足跡をたどって歩く。大人の歩幅は大きく、子どもたちは靴跡から靴跡へ跳ぶように移らねばならない。ランドセルを背負った小学低学年の子には大仕事だ。道幅の広い六号線に出るまでに背中はぐっしょり汗。学校に着くとそれが冷たくなった。

　田植えが終わって春の農作業が一段落したころ、農作物の集積場で馬場《ばんば》競争というのが開かれた。ちょっとしたお祭りである。いま思い返すと、でも、ずいぶん切ない場面があった。砂利の俵をいくつも乗せた馬橇を馬に牽かせ、硬い地面を走らせて速さを競うのだから。馬は汗だく。口から泡を吹いて倒れてしまう馬もいた。倒れた黒い馬の、遠くを見るように見開かれた目を見て、これは見たことがある、とその子は思った。何日もつづいた田起こしのあと、厩で馬具をはずされた馬の目に似ていたのだ。

おぼろげな記憶を辻褄合わせのように思い出して、恣意的につないでいるだけなのかもしれない。それでも、「北海道！」と銘打たれた観光写真のなかに、ずんぐりした道産子の姿を見つけると、いまでも涙が出そうになる。わけもなく、未整理の遠い記憶が泡立つのだ。

懐かしい農具たち

何枚もつなげた筵《むしろ》の上に、鞘《さや》がついたままの、枝さえついたままの、大豆や小豆が広げられていた。短いけれど強い初秋の陽射しが、またたくまに豆の鞘から水分を奪っていく。何日かして、からからに乾いた豆の鞘を、ぱさり、ぱさり、と殻竿《からさお》で打つ。

殻竿は重たい。柄がひどく長い。豆の鞘を打つ部分は幅一センチほどの肉厚の竹の棒串を何本か横に並べて紐でくくった、細長い長方形の形をしていた。

生まれた土地に竹は生育していなかった。孟宗竹があるのは函館あたりまでで、太い竹はなかった。だから殻竿は内地から運ばれてきたのだろう。その土地に育ったのはネマガリダケと呼ばれる細い竹もどきの植物で、調べてみると、チシマザサという笹のひとつだ。「ネマガリ」という名のとおり根元がくにゃりと曲がっていた。

　このネマガリダケは交互に組んで、キュウリやトマト、ツルインゲンなどの支柱としてよく使われた。ビニールハウスのない時代、稲の苗床《なえどこ》も、野菜の種を植えた畝《うね》にも、このネマガリダケをしならせて作った枠に油紙をかぶせていた。いまにして思えば、ひどくナチュラルな「自然にやさしい」方法だ。

　さて、殻竿である。子どもにはとにかく重くて、長くて、手に持つだけで精一杯。とても大人のように、ぱさり、ぱさり、と筵の上に振りおろすことはできない。それでも、そのぱさり、ぱさり、が遠目には恰好良く見えて、面白そうで、何度もこっそりトライした。その度によろけて倒れそうになり、竿を勢いよく放り出して、しかられた。

竿に打たれた豆は鞘からはじけたり、はじけかかったりして、筵の上から大きめの枝や茎を取りのぞくと、ちいさな豆だけが残る。鞘のかけらもたくさん残っていた。その雑多なごみを含んだ豆が次に入れられるのが箕《み》だ。

この箕という農具も細い竹を編んだものでできていた。大人は立った姿勢で豆の入った箕を腰のところに構えて、上下に、豆を空中に踊らせるようにして、ざっざっざっと揺する。風に吹かれて軽い鞘が飛ぶ。かけらも飛ぶ。このときはすかさず風上に逃げる。風下にいると思い切り目にゴミが入るからだ。

この幅広の変形シャベルみたいな形の箕もまた、使っているところは面白そうでならなかった。とにかく動作が恰好いい。空中に豆が踊るところもすごいのだ。子どもは是が非でもやってみたい。持たせてもらう。豆が入っているとずっしり重たく、とても上下になど揺すれない。へたに揺すると豆がざあっと地面にこぼれてしまい、拾い集めるのが大仕事になる。豆も汚れる。当然、しかられる。

農作業は途中ですぐに飽きる。その子の力は苗取りくらいしか役に立たなかった。

しかられることの多い中途半端な子どもだった。家は半農だったから、半端で許されたのだろうか。本格的な農家の子は小学生高学年ともなれば、いろんな農作業をほとんど一人前にこなす人が多かった。春秋の作業が佳境に入るころ、小中学校の授業は半日で終わるのが定番だった。

十歳をすぎて赤い屋根の家に移った。クラスメートが、今日は田植えだから、稲刈りだから、といって早々に家に帰るころ、その子の生活からは農具への関心は薄れ、山羊も姿を消して、翻訳小説ばかり読むようになった。五月になると前庭に父が植えた二本のリラから芳しい香りが風にのって漂ってくる。家が近づくとリラの香りに迎えられて、心はもっぱら「ここではないどこか」へ彷徨うようになっていった。

ポンプと地下水

ポンプは幼い子どもにとって「飲み水」を意味した。台所で地下水を汲みあげる道具だったからだ。オランダ語の「ポンプ／pomp」が日本語に入ってきたのはいつだったのか。水を汲みあげる器械、からくり。きっと江戸期あたりだろう。

緑の屋根のちいさな家には、三畳ほどの台所に木製の流しがあった。システムキッチンの「シンク」ではなく、木枠で手作りされた台所用の流し台だ。ちょうど胸の高さだった。踏み台に乗って見おろすと、深さが十センチほど、内側はおしゃれなタイル貼りではなくブリキで被われた四隅がハンダ付けされて、底面は手前からゆるやかに傾斜し、壁近くのまんなかに水が流れ落ちる穴があった。

胸の高さの流し台が腰の高さになるころ、その子はポンプで水が汲めるようになった。さあ、これで自力で冷たい水が飲める。

緑色の鋳物でできた円筒形の胴体内部を上からのぞくと、ゴム製の分厚い、丸い弁が見える。そこにひっかけられた金属の棒が垂直に上昇して、ポンプの最高部で柄に繋がっていた。柄の部分を人が押しさげ、押しあげ、地下水を汲みあげるのだ。

その子の家では、柄の部分に柳の皮を剝いだ長めの木の幹が接続されていた。そうすれば冬場、握ったときの冷たさが少ない。ところどころ節くれの名残りがあって、直径五センチほどの幹は人の手が何度も握ったせいでつるつるだった。押しあげられた水は鋳物の口に嵌めこまれたブリキの筒を通り、先端にくくりつけられた白い布袋から、太い水流となって流れ落ちた。白いガーゼの袋が金気や不純物を濾し取る仕組みだ。

流しの下はいつもなんとなく湿っていた。流しの穴から伸びた排水管はまっすぐ床板を突き抜け、地面に達して、山羊小屋の壁に取り付けられた金網のほうへ向かう。鶏が外気浴をしながら走りまわれるよう地面が金網でおおわれ、その向こうの堆肥のそばに水の溜り場が掘られていた。流しの穴を流れ落ちた水がそこへ達するまでは、地面に半分埋めこまれた木製の樋を走る。その樋にこれまた木製の被いをつけたのは、おそらく父だ。

　農家の三男坊として生まれた父は、思いついたことをなんでも自力でやる人だった。さしずめ「ＤＩＹの精神」と呼びたいところだが、そもそも生まれは越中富山、生後三カ月のときに北海道へ入植した一族のなかで育った。自力でやる精神がなければ生きてゆけない環境だ。開拓農村から徴兵されて満州、南洋諸島と、あの戦争を生き延びて、戦前か戦後かはっきりしないが、どこかでキリスト教と出会ったらしく、隣町の長老派教会で見初めた看護婦の女性と結婚した。十五歳のときに札幌で洗礼を受けたというその女性と、生まれたばかりの子どもとの暮らしのために、実家から借り受けた田んぼのまんなかに、緑色のトタン屋根のちいさな家を建てた。その家には仏壇も神棚もなかった。子どもに向かって、そんなものは迷信だと短絡的に言い放つ人でもあった。それでも自給自足をめざして、役所に勤めながら田んぼと畑を作り、我流にバイオリンで「トロイメライ」のさわりを弾き、屋号を持って歌を詠んだ。自力でできる精一杯の、しかし滋養不足の理想主義を不器用にかかげて、ふたり目に生まれた女の子に、結婚前から温めていた名前をつけた。

　その子にとって戦争の記憶は、父の物語る南洋の船の話と結びつく。満州で鉄砲を構えながら、人を殺したくないので空に向けて撃ったという逸話も思い出される。昼間は田んぼに出ている伯父たちが本家に集まり、元復員兵の弟たちを囲む酒席の場で、不気味な卑猥話の混じる声の記憶の薄暗がりにも結びつく。脈絡なく浮かんでくるいくつかのシーンにあらわれるのは、陽に焼けた顔、酒が入って赤らんだ顔、生え際の後退した額、美しい尺八の音色と江差追分のこぶし、ときおり声が低くなり、やおら、どっと湧く哄笑。抑圧された感情が、ぎらりと障子の向こうで炸裂する。子どもの目に、それは得体の知れぬ黒々しいものと映った。あれは、戦場の暴力をめぐる自省のかけらもない語り、と言い当てられるようになったのは、その土地から遠く離れて、ずいぶん時間がたってからだ。
　北海道という土地が戦場となることはなかった。そのせいか、割烹着を着た女たちは、土間につづく台所で酒の肴を用意し、鉄瓶で銚子を温めながら、戦争にとられて帰ってこなかった夫の、息子の、弟の「不在」を仏前で嘆き、溜めこんだ感情を台所の日常のなかに紛れこませて埋めたのだ、きっと。

　その子はちいさな家の台所で踏み台に乗って流しを見おろしながら歯を磨いた。上を向くと、正面に明かり取りの窓があって、そこから白樺の大きな枝が見える。取っ手のついたホーローのコップで口をゆすぐ。計量カップのような形をしたそのコップは、外側が赤く、内側が白い。縁に黒い線が入っていた。北大の看護学校時代から持っていたのだと何度もくりかえし聞かされたところを見ると、そのコップは母の自由だった時間と分かちがたく結びついていたのだろう。赤いコップはその後も母の移動とともに、北海道から九州、大阪、東京、ふたたび札幌へと旅をつづけた。そして母の最期に寄り添ったのは、ふたりの子どもではなく、そのコップということになってしまった。

つんのめるようなエンプティネス

ポンプで地中深くから汲みあげる水は、夏は冷たく、冬は適度にぬるく、そして美味しかった。そのことを知ったのは東京に出てからだ。だが、あこがれのメトロポリスで水道の蛇口から流れる水は、夏は生温く、冬は指がしびれるほど冷たかった。なんだか裏切られたような気がした。最初はふっと気味の悪い、薬臭い味も感じたけれど、やがて慣れた。人はなんにでも慣れるものだ。

あのころ東京の標準的アパートには浴室はもちろん洗濯機さえなく、洗濯はすべて手洗い。コインランドリーが出現するのはそれから数年あとのことで、冬は手のひらも指も真っ赤になった。電気代、ガス代、水道代を計算した紙を手にした大家さんがドアをたたいたとき、水道代というものがこの世に存在することを初めて知った。東京では水にお金を払って暮らすのか、とちょっと驚いたのは、たかだか半世紀前にすぎない。

人混みにも気持ちがくじけた。池袋、新宿などの地下道を歩くときは、どういうわけか決まって人とぶつかりそうになる。だから歩き方を学ばなければならなかった。向こうから歩いてくる人に視線を合わせてはいけない、少し横に焦点をずらして歩けばぶつからなくてすむと気づいたのは、半年くらいたってからだ。パンフォーカス歩きの習得である。

初めての夏休み、北海道へ帰省したときに感じた空間をめぐる身体レベルの体験は「劇的」ということばがふさわしかった。このときの感覚は身体の奥にいまも眠っていて、いつでも取り出し可能だ。汽車（列車は北海道でも電気で走るようにはなっていたが「電車」とは呼ばなかった）の車両から荷物をかかえて降り立った駅のホームは、東京の山手線の駅にくらべると、ほぼ無人といっていいほどの人気のなさだ。その「カラッポ」感に、ステップを降りたとたん身体が前につんのめりそうになった。この身体感覚が南アフリカのカルー近くを訪ねたとき、不意によみがえってきたときは驚いた。カルーとはJ・M・クッツェーが愛した父方の農場があった土地の呼称で、そこにはまさに、つんのめるようなエンプティネスが広がっていたのだ。

話しことばの最後に「だわ」とか「かしら」なんてつけるのも、北海道に住んでいるころは恥ずかしくて口にできなかった。上京後に東京育ちの友人との会話で、その独特のイントネーションも日々習得に余念がなかったものの、休みになって帰省するや語尾の重たい北海道弁にすぐにもどってしまった。東京風のことば遣いをすると「なに、すかしてんの？」と言われて完全に周囲から浮いた。

そのことは高校一年のとき、逆の立場ですでに経験済みだった。東京から転校生のAさんがやってきた。髪が少し赤く、話し方が軽やかで、口に手をあててホホホと笑う。ただそれだけのことで、ひどくよそよそしく感じられた。いま思うと笑える。だが、北海道の重たい、率直すぎるほど、ズケッとものを言う口調は一考にあたいするか、どうか。あれはおなじ日本語でも、分厚い膜がすっとかかる地域間の言語感覚の差を初めて経験した瞬間で、遠い「東京」を田舎者がちらりと垣間見る思いがしたのだろう。その落差を、今度は自分が逆にかもしだすことになる、と不安になって、帰省のたびに咄嗟にカチリとモード切り替えが行なわれたのだろう。まさに、ディープな田舎と都会の行ったり来たりである。

　しかし、そんな微妙な差異が気になりモード切り替えをしていたのは最初の一、二年だけで、大都会の生活習慣になじむにつれてどんどん鈍感になっていった。都会生活に溶けこむことが最優先の課題となり、ことば遣いも東京風に近づいて、やがて地下水のことも忘れてしまった。その感覚を呼びもどしたい、消えてしまう感覚を記録しておきたい、と思うようになったのは、たぶん、南アフリカへ旅をしたあとだ。

ぎんぎん　ぎらぎら

ギンギン　ギラギラ　ユウヒガ　シズム
ギンギン　ギラギラ　ヒガ　シズム

四角い背中を生徒たちに向けて、マエノ先生は教壇の上で踊ってみせた。背広を着たまま、腕をひじのところで四角く折り曲げ、十本の指をめいっぱい開いた両手を耳より少し上のところでくるくるまわしながら、マエノ先生は教壇でゆっくりとまわってみせた。担任のシモダ先生はその日は休みだった。ピンチヒッターとしてマエノ先生が二年松組を教えにきたのだ。

　算数の授業を少しやったあと、生徒たちが喜ぶ「おはなし」になった。その「おはなし」のなかにアイヌの人たちのことが入っていた。「ガッコウ」で、その子が「アイヌ」ということばを耳にしたのはそれが初めてだったのではないか。

　小学二年の算数の授業でそのときいったいなにを教わっていたのだろう。とにかく教えるべきことをひととおり教えたあと、マエノ先生の口から突然「アイヌ」ということばが飛び出した。アイヌは数をちゃんと数えられないんだ、とマエノ先生はいったのだ。冗談のつもりだったのか、小学二年の生徒たちへの受け狙いだったのか。

　イチ、ニ、サン、シ、ゴ、あとは、イッパイ、になっちゃう、きみたちはちがうね、もっと頭がいい（ニホンジンなんだから）と先生は大きな声で笑った。生徒たちも、大きな声で笑った。自分たちはいま小学二年生で、こうして算数で足し算やら引き算やら、いろんなことを学んでいる、もちろん「5」以上の数だって、小学二年生なんだから数えられる。「15」だって、「121」だって数えられる。「802」だって知ってる。なのに、アイヌは大人になっても「5」以上は数えられないんだ。そう教えられて、素足で上靴をはいた子どもたちは、きゃあきゃあと蔑みの声をあげたのだ。一九五七年、それが北海道の稲作農家が大半を占める村の、いや、町の小学校で展開された授業風景だった。

「アイヌ」ということばを、その子が最初に耳にしたのはいつだったのか。小学二年の授業より前に耳にしていたことは確かだ。その授業で「アイヌ」と聞いて、それが意味するものをすぐに理解したのだから。といっても、実際にアイヌの人たちと日常的に接していたわけではなく、むしろ「見たことがない人たち、どこにいるのだろう？」と思っていたのか、いなかったのか。どうやらその年齢まで、はっきりとした輪郭を持つことばとして認識していなかったらしく、早い話が、よくわからなかったけれど、なんとなくそのニュアンスだけは知っていたのだろう。

当時は「カミングアウト」ということばはもちろんなくて、逆に、周囲の大人たちは、その語をなにか触れてはいけないもののように、会話のあいまにちらりと挟んだ。子どもにとっては実体の見えないことばだ。それでも、その語の裏に貼りついた、なにやら表沙汰にしてはいけない、不可解な、薄暗いニュアンスだけは、じわじわと、しっかりと伝わっていたのかもしれない。

マエノ先生は算数の課題を教えて、いまにして思うと、あまりの恥さらしに赤面してうつむくしかないような差別的発言をして子どもたちを笑わせたあと、間が持たなくなったのか、急に、お遊戯をやろう、といって「ギンギン　ギラギラ」をやりだした。

なんだか汚されたような気分だった。お遊戯なんて、ぜんぜん面白くない！　ばかばかしくて、やりたくない！　と思いながら、やらなければまた怒られるかも、と、いやいやその子も両手をあげた。マエノ先生のごつい指先からビームのようにギラギラと発せられる見えない光が、その後たびたび浮上しては、旧植民地北海道の開拓村の奥へ奥へ追いやられていった人たちのことに結びついて、記憶のなかで定位置を占めるようになった。

やがて、三十代になって自分の子どもたちのために買った童謡のアルバムから、この「ギンギン　ギラギラ」という歌が聞こえてきたとき、ざらりとした感触とともに、この新十津川小学校二年松組の授業風景がはっきりと浮かんできたのだ。このことはいつか書こう、と思ったのはそのときだった。

こくわの実

だれだって、すでに鬼籍に入った人のことを悪く書きたいとは思わない。ましてそれが自分の親であるならなおさらだ。でもいずれどこかで書かなければ、ということはわかっていた。東京に出てすぐそう気づいたことも鮮明に記憶している。

こくわ。こくわの実にまつわるちいさな記憶。棘のように堅くて消えない記憶。内地と呼ばれる本土では別名「猿梨《さるなし》」といわれるマタタビ科の植物、というのはつい先日、調べて知ったことだ。芋や南瓜の塩ゆでで、特別な日で缶入りビスケット数枚か板チョコ、家の前の木からもいだ林檎、たっぷり穫れる苺や西瓜、といった生活ではちょっとした祝祭的なごちそうとなる山の幸だった。

　山葡萄、こくわ、キノコ、秋になるたびに家族で自転車に乗って採りにいった。採ったばかりのこくわの実はまだ堅く、家に持ち帰って米袋のなかに埋めておく。そうすればやがて柔らかくなり、口に放りこむと果肉が舌の上でとろけるようにあまくなる。それは若い母から教えられた知恵だった。

　米袋からは毎日、朝晩一定量の米が取り出され、大きな釜で研がれ、薪ストーブで炊きあげられた。米袋の中身が日を追うにつれて減っていく。やがて底が見えるころ、こくわの実もあまくなる。それが待ちきれなくて、何度も袋のなかに手を突っこんでちいさな実を探し出し、柔らかくなったかどうか指先で調べた。なかなか柔らかくならない、子どもはそのうち飽きて忘れる。忘れたころに米袋の底からその実が顔を出す。ホラっといって手のひらに載せてくれる母がそのときいったことばが、記憶の底にちくりと刺さった。母はそのときこういったのだ。

――ちゃんとしまっておいてよかったね。蓄えるというのは大事なことだ。アイヌは蓄えることを知らない。全部いっぺんに食べてしまうから。

　ちいさな娘を励ますつもりだったのか。いまにして思えばとんでもないまちがいだ。まちがいどころか、途轍もない差別感情を子どもに植えつけることばだ。一九一九年生まれの母が誰からそんなことを聞きおよび、知識として身につけ、子どもに教えることになったのか、成人していっぱしの口をきくようになった娘が問いただしたことがある。だが母からは、そんなことといったかい、という不確かなことばが返ってくるばかりだった。

　母が育ったのは、女には参政権もなければ、結婚の自由さえなく、嫁にいけば財産は夫が管理するような時代だ。小学校のクラスで自分より成績の悪い男の子が級長になって悔しかったこと、家が裕福ではなく寮制の看護学校に進学して十五歳で経済的に自立したこと、弟や妹の学費を出したこと、そんな苦労話を語りはしても、北海道が旧植民地であり、和人がアイヌ民族の住み暮らす土地を奪っていった歴史を、みずからの「負の遺産」として明確に認識することは、そのころはまだなかったはずだ。戦前の尋常高等小学校や看護学校で教えられたことを忠実に学び、戦争中は小国民として銃後の看護婦をせいいっぱい生きたことは想像にかたくない。

戦後「だまされた、貯金が紙くずになった」と地団駄踏んだことはあっただろう。戦争は二度といやだ、と強く思ったことだろう。戦争をやった人間が戦後そのまま居直って大臣になっている、と批判しつづけ、あるとき唐突に、最近は自分の加害責任を考えはじめた、と告白したこともあった。そんな批判精神の持主ではあったけれど、北海道が内地からの入植者によって「開拓」され、それがだれの犠牲の上に成り立っていたかまで深く認識することがあったとは残念ながら思えない。北海道が植民地だったと認めれば、足場がガラガラと崩れると察して避けてきた道産子二世のひとりだったのだろう。

アイヌはもう滅びたことにしたい、自分たちの開拓の苦労だけを語り継ぎたい、そんな風潮の強い時代を彼女もまた生きたのだ。つい最近までは、現地の新聞だって「旧植民地」と呼ぶのを避けようとしてきたのだから、これは母だけを責めるわけにはいかないが、その認識の欠如は恥ずべき歴史的事実であることは紛れもない事実だ。

事態はようやく、少しずつ変わりはじめた。アイヌとして生きる人たちがふえた。「カミングアウト」ということばが勢いを持って伝わってくるようになった。そう、アイヌはすぐ隣にいたのだ、きっと。そしていまもいるのだ。群島中に散らばって、混じり合って生きているのだ、それぞれに多様な人生を。

それにしても、こくわ。こくわの実にまつわる記憶がなぜこんなにちくちくと鮮明なのか。いつか書かなければと思いつづけた理由はなんだったのか。

九十四歳で北の地で逝った母を、こんなふうに偲ぶ娘は親不孝者だろうか。そうかもしれない。それでもやはり、真実を書かねばと娘は思うのだ。そのことが、サムライの子孫であるその父を誇り、十代半ばでキリスト教の洗礼を受け、女が男より目立つことは御法度だったちいさな村社会で「他と異なることを恐れるな」と兄妹をどこまでも平等に育てようと腐心し、不器用なまでにアウトサイダーとして生きたひとりの女性への、遠い連帯となることを願って。

チャコールグレーの洋館

建物はかぎりなく黒に近い灰色だった。いまならチャコールグレーと呼ぶのだろう。もちろん、そんな洒落たカタカナことばを少女はそのとき知るはずもない。壁はコンクリのような、モルタルのような、触ると指先にざらっとした感触を残した。細長い板を横に何枚も重ねて貼る、見慣れた板壁ではなかった。

その二階建ての洋館は、いつごろ、なんのために建てられたのか。壁面に等間隔にならぶ窓枠は縦に細長く、上下に押しあげ、押しさげる形式のガラス窓がおさまり、それぞれに四角い板ガラスが数枚はまっていた。

建物の入口はドアで（引き戸ではなく、ドアだ！）、開けるとトンネルのように仄暗い廊下がまっすぐ続き、左右にドアがいくつもならんでいた。廊下も部屋もすべて板敷き。部屋に入るには床から一段高くなった敷居をまたがねばならなかった。屋根が思い出せないのだ。建物全体が真四角だったような気がする。雪の多い北海道に見られた、急勾配の、赤や緑のペンキを塗ったトタン屋根ではなかった。おぼろげな記憶のなかの建物がサイコロのように真四角だったとすれば、屋根に積もった雪はどう処理したのだろう。「町」へ格あげされたばかりの村のなかで、その建物は「引揚者の家」と呼ばれていた。

隣町から走ってきたバスが、木造二階建て小学校の通用門の前を、土埃をあげながら通りすぎて、菊水町のT字路で右折する直前、左手の青々と茂る樹木のなかにその建物はたっていた。この村を開拓するときの拠点だったのだろうか。最初の村役場だったのだろうか。近くには神社もあった。

小学校の広い敷地のはずれにあるその建物のなかに初めて入ったのは、一九五七年の春か初夏、洋物好きの父親が、隣町からヴァイオリンの弾ける写真屋さん（！）

を呼んできて、この建物のなかの空き部屋で、ヴァイオリン教室が開かれることになったときだったのか。

いや、そうではない。それ以前にも、少女はそこに住んでいる同級生のところへ遊びにいったことがあったのではなかったか。驚いた。たった一部屋に大勢の家族がいっしょに住んでいたのだ。天井がやけに高く、廊下の突き当たりにある炊事場は共同、もちろんトイレも共同だった。

少女が十歳まで住んだ家は、そこから二キロほど離れた田畑のまんなかにあった。玄関を抜けると四畳半の板敷の部屋に、襖で仕切られた六畳の畳敷き、それに台所、風呂場、トイレ、押し入れのついたコンパクトな間取りだった。お前はここで生まれた、と何度も聞かされた狭い家は、しかし、とにもかくにも一軒の独立した家屋で、ガラス窓も冬の豪雪にそなえて二重だった。緑のトタン屋根のとんがりから煙突が伸びて、春には屋根との境に雀が巣を作った。戦後まもなく、クリスチャンだった両親が新生活のために建てた家には仏壇も神棚もなく、別棟の小屋には山羊や鶏が飼われていた。

だからその同級生の、赤ん坊も含めて五人、いや、六人にもなる家族のための空間が、家具らしい家具もない、たったひとつの真四角な洋間で、高い天井からぽつんと電球がぶらさがり、魚を焼くときは七輪を建物の外に出すと聞いて、少女はことばが出なかった。

その建物が「引き揚げ者の家」だと知ったのは、建物に初めて足を踏み入れたその日だったかもしれない。夕飯どきに今日はどこへ行ったかおしゃべりしていて、耳にしたことばだったかもしれない。「引き揚げ」にまつわる大人たちから聞いたことば、「マンシュウ、カラフト、チシマ、ハボマイ、シコタン、ホンド、ガイチ、ナイチ、ニホン」が、少女の語彙のなかに脈略を持って、「満州、樺太、千島、歯舞、色丹、本土、外地、内地、日本」として記憶されるようになったのはずっとあとのことだったとはいえ、まだその土地に住んでいたころだ。でも日々ながめて育った山は、いまもずっとピンネシリのままだ。アイヌモシリのピンネシリ。

引き揚げ者とは、心機一転、新たな人生をもとめて外地へ赴いたり、いい話があるといって当時、日本が植民地として侵攻した土地で住み暮らしていた者が一九四五年八月の敗戦を境に、財産も土地もおいたまま「本国」へ帰らざるをえなくなった人たちのことだ。外地ではなばなしく成功したと噂に聞いていた人たちが無一文になって帰郷した姿は、内地の人間の目にどのように映っていたのか。そして植民地での成功とは、先住の人たちとの関係は、どのようなものだったのか。

そんなことをきちんと考えられるようになったのは、ここ三十年ほどのあいだに、J・M・クッツェーという作家の作品を訳したからだろうか。クッツェーはオランダやイギリスの植民地だった南アフリカで植民者の家系に生まれ、白人としてのみずからの立ち位置とその歴史的意味をとことん批判的に考え抜いて作品を書いてきた人だ。世界の歴史のなかで「植民地主義と帝国」の構造的な関係を考えずにクッツェー作品を翻訳することは不可能だ。

北海道という国内植民地がたどった一五〇年あまりは、人種差別と優生思想に支えられたアメリカ仕込みの「開拓精神と名づけ直す暴力の歴史」でもあった。じわじわと学んだ真実。その土地から離れなければ、くっきり見えないことがあるのだと知った。振り返る風景のなかに、いま菊水町のチャコールグレーの四角い家がぽっかりと浮かんでいる。

あさひ、という名の林檎

あさひ、という名の林檎があった。たっぷり陽にあたった肩が深い赤で、お尻に少しだけ青い部分を残している。手のひらにのせるとふっとなじむ。かじるとぱりっと音がした。果肉は白くてやわらか。果皮は薄いけれど密度が高くて固い。表面をつるつるに磨いてから前歯でかじると、酸味のある汁が口のなかに広がった。

その子の生まれた、田んぼのまんなかのマッチ箱のような家の前にも、林檎の木が数本あったけれど、どれも「あさひ」より固くて青っぽい実をつけた。種類はわからない。細かな純白の花がはらはらと散る光景だけがくっきりと思い出される。

秋になると馬車で江部乙から林檎を売りにくるおじさんがいた。脚の太い馬が牽く馬車には、広げられるだけ広げたような平らな荷台が載せられて、そこに横長の木箱をめいっぱい積みあげて、おじさんは黒い革の手綱を駆って未舗装の道をやってきた。走っていくと、ナイフで切った林檎を分けてくれる。これが楽しみだった。その秋一番にとれた真っ赤なほっぺの林檎がいち早く食べられるのだから、子どもにとってこんなチャンスを逃す手はない。

　畑仕事からあがってきた母が、へたのくぼみにもみがらのつまった果実を手に取り、しっかり握って、振る。果実の内部で種子がからから音をたてる。「そいつは旨いよ」と掠れ声のおじさんがいう。熟しているという意味だ。振るとからから、これが熟している林檎の見分け方だとそのとき知った。からから音をたてる林檎のなかには、皮の内側まで赤く滲むように染まっているものもあった。母は箱単位で林檎を買った。

　その日から毎日おやつは林檎。買った当日は大盤振る舞い、思い切り何個も食べることができた。食べる前に林檎を振る。からからいうか、いわないか、それによって味はどうちがうか、子どもながらにいっぱしの味くらべだ。何個も食べた日の夕方には、オシッコからあまずっぱい林檎の臭いがした。

林檎売りのおじさんが馬車でやってこなくなったのはいつだったのだろう。テレビや冷蔵庫が田舎の家にも出まわりはじめて、林檎も箱買いしなくなり、なんでも売っているバス停前の三枝商店から数個ずつ買うようになったのは、いつだったのだろう。

木箱が消えてダンボールになったのはずっとあとだ。一九六八年はまだ木箱だった。大学に通うため東京に出たその年の秋、大好物の「あさひ」を母が送ってくれたのでよく覚えている。たいていのものは郵便小包で送られてきたが、ある日、なかに新聞紙が敷かれてびっしりもみがらで埋まったあさひが届いた。いまのような宅配便などない時代に、林檎箱ははるばる北海道から貨物列車に載せられ、青函連絡船に積み替えられて、青森からまた汽車に揺られ、東京の貨物集配場からトラックで運ばれてきたようだ。

当時、住んでいた木造モルタル二階建ての二階で、ずらりとならんだ四畳半アパートのドア口まで運ばれてきた木箱を見たとき、一瞬、息をのんだ。田舎では気にならなかった林檎箱がやけに大きく、ひどく粗雑に見えたのだ。おまけに二箱もある。触れるとちくちくする荒削りの板と板のすきまから、降ろしたときにこぼれたのか、リノリウムの廊下の床にもみがらが落ちている。釘で打ちつけられた蓋を開けるには、階下の大家さんから釘抜きを借りなければならなかった。

林檎箱が二箱送られてきたのにはわけがある。一箱を、早稲田に住んでいた兄のところへ送れ、というのだ。妹のアパートは豊島区要町で、早稲田まではそこそこ距離がある。アパート暮らしの学生には運ぶ手段がない。北海道から見ればおなじ東京なのだからという距離感に、兄と妹は困惑した。

荷物を取りにきた兄は、しょうがないか、と大枚をはたく思いでタクシーを呼んできた。そこでまた厄介事が持ちあがった。運転手が荒削りの木製の、もみがらがこぼれそうな林檎箱など車に乗せられないという。無理もない。丈があってトランクには収まらないし、後部座席に載せるとレザーシートが傷むという。兄は困り果てた。それでも交渉の末になんとか林檎箱をタクシーに載せて帰っていったが、後年その話になると兄妹は母もまじえて何度も苦笑いすることになった。

でも、りんごに罪はない。あさひは美味しかった。東京でもいっとき八〇年代に、郊外の八百屋の店先にならんだことがあって、そのときは小躍りしながら買ったけれど、それっきり見かけることはなかった。東京ではもっとあまくて、酸味の少ない、ゴージャスな林檎がはばをきかせるようになったからだ。そして時代はバブルへ突入した。

決定的な亀裂

ナイジェリア出身のチママンダ・ンゴズィ・アディーチェという作家の短篇に『セル・ワン』という作品がある。『なにかが首のまわりに』という短篇集に入っている。そこに、あまやかされて育つ兄と、それを冷静な目で見つめる妹が出てくる。語り手は妹のほうだ。家族は敬虔なカトリックで、両親が遠くの祖父母に会いにいった日曜日に、ティーンエイジャーの兄が運転する母親の車でふたりは教会にでかける。ところが礼拝の途中で兄が姿を消して、礼拝が終るころ素知らぬ顔で戻ってくる。なにをしに外へ出ていったかというと、なんと、自分の家に強盗が入ったように見せかけて、母親の宝石をくすねにいったのだ。

この短篇を訳しているとき、北の土地ですごした幼いころの、ある記憶がぼんやりとよみがえってきた。

もの心ついたころから、毎週日曜の朝は隣町の教会へ通っていた。父母が長老派教会系プロテスタントのクリスチャンだったからだ。両親より一足早く、一歳ちがいの兄とふたりでバスに乗って、日曜学校に通った。まず子ども向けの短いお話や紙芝居などがあって、それが終わると大人の礼拝が始まる。子どもたちも、もちろん親のそばに腰かけて、牧師さんのお説教を聞く。

礼拝が終って賛美歌を歌うころ、献金袋がまわってくる。黒いビロードの布でできた巾着みたいな袋には取っ手がついていた。その取っ手もまたビロードでくるまれている。母の話によると、作ったのは色白で小柄な、とてもきれいな女性だった。その人は足が悪くて松葉杖をついていた。その献金袋が列の端からまわってくると、めいめいがささやかなお金を入れることになっていた。子どもも小銭をもたされた。たいていは十円銅貨だ。あのころの十円というのは、子どもにとってなかなかの金額だった。キャラメルが一箱買えたし、バラ売りの大きな飴なら二個は買える。

小学校に入るか入らないか、そんな時期だったろうか。両親がなにかの理由で来られない日、兄はこの十円を「積極活用」した。五円玉ふたつに両替して、一個を献金袋に入れ、もう一個で飴を買ったのだ。それはやってはいけないことではないのか、そんなことをすれば神さまの教えに反して悪い人になってしまうのではないのか、と幼い妹は心を悩ませた。

アディーチェの短篇では、主人公は兄のことを両親に告げ口したりはせずに、じっとこらえている。それは、どうみても自分より兄のほうが特別あつかいされ、とりわけ母親の溺愛を受けていて、それが社会でまかり通っていることを知っている者の知恵のようだった。そして、じわじわと嘘がばれていくのだ。

一方、戦後の新開地の農村で、周囲の男尊女卑の風潮に抗して、新憲法にもあるのだからと、家庭内では子どもは男女平等に育てると母は決意していた。おまけに、誰も見ていないと思っても神さまは天から人の心のなかまで見透しているのだ、とことあるごとに教えられた幼い娘は、悩んだすえに兄の献金のことを母に告げた。

でも、いまにして思えば、あれはただの正義感からではなかったかもしれない、なにかにつけてセカンドあつかいされる不満から点数をかせぎたかったのかもしれない。それとも、黙って胸におさめておくことが苦手で、頭に浮かんだことばをつい口にしてしまう性癖のせいだったのだろうか。それは北海道に特有の「率直さ」でもあり、母譲りでもあったのだけれど。

兄がしかられたかどうかまでは覚えていない。それからしばらく、兄がなんとなくよそよそしかったような気がするが、おそらくこれもあとから作られた記憶なのかもしれない。告げ口をしたという自責の念がねじれて作り出した記憶……。

でも、あれが決定的な亀裂の始まりだった気がしてならないのだ。男女平等にという母の願望は、理不尽さに抗する娘には「母のドリカム」としてまっすぐ伝わったけれど、息子のほうは「長男らしく、兄らしく」ともいわれる価値観の内側でひたすら母の苦労を背負うことになっていった――のだろうか。親たちは戦前の学校で教育勅語を教えられた世代だった。母の苦労を子どもが（とりわけできのいい長男が）背負うのは、この社会の津々浦々で見られた縮図のようなものだったのだから。

ジョンとポール

ジョンとポールといえば、音楽好きにはなんといってもビートルズのジョン・レノンとポール・マッカートニーだ。一九六〇年代の音楽界で一世を風靡したリバプール出身のロックバンド、いまさら説明なんかいらないビッグネームである。

彼らがデビューして日本の音楽シーンに登場したころ、中学生だったミーハー少女は、メンバー四人の名前の頭文字を教室で使う椅子座布団に刺繍したりしていた。最初に買ったＬＰが「ビートルズ・フォー・セール」で、あれはたぶん、高校入試が終わった春休みだ。最後に買ったのが、ポールだけ裸足で横断歩道を渡るジャケット写真の「アビー・ロード」で、ポールの姿は幽霊じゃないかとマジで大騒ぎになったものだった。そのときはもう大学生になっていたけど、まだ部屋にステレオはなかった。

中学二年か三年のときだ。「音楽クラブ」の部長をしていたついでに、いつも練習に使う音楽室でＥＰ盤（四曲入りのドーナッ盤）の「ツイスト・アンド・シャウト」「プリーズ・プリーズ・ミー」「抱きしめたい」なんかをかけて、盛りあがりすぎて職員会議にかけられた。問題行動、まちがいなく不良あつかいだ。でも、若い担任のヤマシロ先生が「あの生徒はだいじょうぶです」と会議で発言してくれたおかげで難を逃れた。十三、四歳という「ビミョウ」な時期に教師から全面的に信頼されたことは、ちいさいころから「女のくせに」と言われ、小学校では成績表に「従順ではない」「協調性がない」と書かれつづけた女の子にとって、どれほど大きな滋養になったかわからない。理科と美術の教師でもあったヤマシロ先生には感謝しかない。

田舎では、とにかく、ビートルズは不良の音楽だった。初来日したビートルズの武道館コンサートが生中継でテレビ放映されたのは北海道立滝川高校二年のときで、担任教師がホームルームの時間に、わざわざ、あんなものは観るなと念を押したりした。ハニフ・クレイシの作品を彷彿とする話だ。いまなら即「うっせえっ！」である。

八〇年代に入ってから小学校の音楽の教科書にビートルズの曲が載っているのを知ってびっくりした。団塊の世代は「みんなビートルズを聴いていた」なんてコピーが新宿の地下街にあらわれたときはもっと驚いた。直感的に、これは都会がすべてと考える人が書いたコピーだ、と思った。「みんな」が聴いていたわけではない。とりわけ地方の中学、高校では「ビートルズを聴く生徒は不良だ」と教師や親がかたく信じて疑わなかった時代、それが六〇年代の日本だった。実際、地方ではビートルズを聴いていた生徒もごくごく少数だったのだ。いわゆる「歌謡曲」のほうが、圧倒的に人気があった。

だから、騙されちゃいけない。「みんなビートルズを聴いていた」というポスターのコピーは歴史的事実があとから書き替えられた典型例だ。「みんな」なんて嘘っぱち。地方出身者にとっては歴史の修正、改竄以外のなにものでもない。

ジョンとポールは言わずと知れたビートルズのビッグツーだが、数年前に忽然と、もう一組のジョンとポールがあらわれた。ジョン・クッツェーとポール・オースターである。

ジョンもポールもヨーロッパ言語内では聖書由来のありふれた名前だ。使徒「ヨハネとパウロ」は、ドイツ語では「ヨハンとパウル」、フランス語は「ジャンとポール」、イタリア語は「ジョヴァンニとパオロ」、スペイン語なら「フアンとパブロ」、さらに挙げるとロシア語は「イヴァンとパーヴェル」となる。

現代英語圏文学のビッグネーム、クッツェーとオースターが往復書簡集『ヒア・アンド・ナウ』を出版して「驚くほどの成功」を収めたという。ならば日本語にも、と翻訳に取りかかったのは、ちょうどクッツェーが三度目の来日をしたころだった。

アメリカの人気作家オースターと南アフリカ出身のノーベル賞作家クッツェーを結びつけたのはサミュエル・ベケットへの共通の関心だ。「友情とは」なんてちょっと固い話から映画、テニス、クリケットまでふたりの作家は少年みたいに夢中で意見をかわしている。

手紙のなかには、斜に構えながらどこまでも辺境に軸足を置いて世界を見る南アフリカ出身のジョンと、相手に寄り添い軽妙な冗談を飛ばすアメリカの都会人ポールがいる。若いころチェスに没頭して気が狂いそうになったと語るジョン、手紙の最後に「陽気なサンタ笑いを送る」と朗らかに書くポール。このかけあいが、もう絶妙なのだ！

ちなみにジョン・クッツェーは知る人ぞ知るバッハ好きで、カレッジ時代に「ぼくはロックンロールを拒絶する」と宣言したりしていたというから面白い。

サイロのある家

仕事が一段落すると窓ガラスを拭く。窓の向こうが曇っているのが好きではないから。そうすると決まって浮かんでくる光景がある。玄関の引き戸に何枚もはまった窓ガラスを、毎日ぴかぴかに磨いている若い女の人の姿だ。

その人の家にはサイロがあった。

学校から帰るとき、バスの通る砂利道を左に曲がると、急に道幅が狭くなる。サイロのある家はその曲がり角にたっていた。自転車でその前を通るたびに、磨きこまれたガラス窓に、走っている自分の姿がモザイク状に映し出される。それが気になってしかたがなかった。

その家にサイロがあったのは、牛を飼っていたからだ。田畑で作物をつくる農家には、馬や山羊や鶏はいても、牛はめったにいない。草を食べさせる広い牧草地が必要だし、秋は早々に冬場の餌をサイロに仕こまなければいけない。大仕事だ。だから稲作中心の農村には、サイロのある家はめずらしかった。

朝夕よく、黒い服を着た背の高い男の人が、川原の牧草地まで牛を追って往復するのを見かけた。数頭でのっそりのっそり幅広の道を渡る牛が、小学生にはやけに大きく見えた。牛がぐいっと尻尾をあげると、糞が砂利道にぼったんと落ちて土埃と湯気をたてる。べたりと広がる大きな円に、息を詰めて見入った。

青白い頬に彫りの深い顔をした痩身の男の人は、黒シャツに黒ズボン、黒くて深いゴム長靴をはき、ズボンのポケットにいつも手を入れていた。髪を長く伸ばし、どこか得体の知れない雰囲気を漂わせてもいた。都会に出たけれど帰ってきたという噂だった。

夕方になると、その人が口に長い草の茎をくわえて、群れを追って帰ってくる。

黒髪をかきあげながらサイロ横の牛舎に牛を追いこむころ、その不思議な人の住む家に自転車で牛乳を買いにいったことがある。

もの心ついたときから家には山羊がいて、毎日飲むのは山羊乳ばかり。牛乳はごちそうだった。だから牛乳を買いにいくのは、どこか晴れがましいおつかいになった。

玄関の格子ガラスの引き戸をガラガラと開けると、横に長い土間に出た。あがりかまちの障子が十センチほど開いている。「ぎゅうにゅうくださあい」と大声で言うと、エプロン姿の若い女の人があらわれた。あっ、いつもバケツと雑巾で玄関の窓ガラスをぴかぴかに磨いている人だ。

その女の人は黒いシャツを着た男の人の妹のようだった。お母さんが病気だったのか、早く亡くなったのか、とにかく、家事をすべて引き受けているらしい。そんな話を聞いたのはいつだったのだろう。高校を出たばかりだったのだろうか。つっかけ下駄をはくと土間を抜けて屋根続きの牛舎へ入っていって、少女が持参した薄青い一升瓶に大きな漏斗《じょうご》を使って白い牛乳を満たし、きっちり栓をして渡してくれた。おかっぱの髪に色白の頬、笑うとえくぼの浮かぶ人だった。

中学、高校に通いながら、サイロのある家の角を曲がるたびに考えた――あの人は窓ガラスを磨きながら、ここでずっと暮らしていくのかな。サイロのある家に閉じこめられて。ラプンツェルみたいに。少女は田舎町から脱出することばかり考えていたのだ。

仕事のあいまに窓ガラスを拭いていると、少し透きとおった視界のなかに、青くさい少女の思いこみが溶けていく。身勝手に織りこんだ、記憶の糸がほつれていく。

日本語再学習から「世界文学」まで

その詩人はことばを削る人だった。無駄と思えば、ぎりぎりのところまで削ぎおとす。言外のものをくっきりと浮かびあがらせる手法だ。読み手は浮かんでくるものを感知するため、ひたすら耳を澄まさねばならない。沈黙を聴き取らねばならない。詩を読むとはそういう行為だ、とこの詩人は生涯かけて述べていたようだ。

記憶の底から浮上するシーンがいくつかある。一九七一年の秋、巣鴨駅のそばの喫茶店で同人誌「みとう」の合評会が開かれた。そこに初めて詩を寄稿したのだ。すでに数人の学生が集まっていた。しばらくしてから黒っぽいコートに濃いサングラスをかけた人物があらわれ、自分はこんな合評会などに出ることは滅多にないが、と断って、それぞれの詩や短篇をザクザクと批評していった。「これは添削したくなるような詩だ」という感想をもらった。それが安東次男に初めて会ったときの鮮烈な記憶だ。

　またあるとき、ボードレールの『悪の華』を読む少人数の授業のあと、いつものように大塚の喫茶店へ流れた。ちょうど初句集『裏山』が出たばかりで、数日前の朝日新聞に安東の師匠格に当たる加藤楸邨が文を寄せていた。ところが「蜩といふ名の裏山をいつも持つ」という安東の代表的な句が、加藤氏の引用では「蜩といふ名の裏山をつねに持つ」となっていた。どうしてなのか、まっすぐ詩人に訊ねてみた。すると「ああ、いつもまちがえるんだ」という返事が返ってきた。

　——「いつも」と「つねに」では句のなかの動きや、句の姿が全然ちがいますね！　とさらに突っこむと、詩人は「ふむ、そのとおりだ」といって微笑んだ。その語調にはとても温かなものがあって、ホモソーシャルな師弟関係に羨望の念をおぼえた。

句集『裏山』の最後に楸邨が寄せた「ひぐらしを聴かである日は阿修羅哉」という句の深い意味合いを得心したのは、ずっとあとになってからだ。それにしてもあのころ新聞の校閲は、偉い俳人の書いた文章はファクトチェックの対象外だったのだろうか。ふむ。

旧植民地、北海道に生まれ育った人間には、和歌や俳諧の世界は異国の文化にもひとしく、しかし、そのことに気づいたのは東京に出てからだった。それまで自分がニホンジンであることを疑うことはなかった。自分が使っているニホンゴが周縁の文化に属するものであることにも、思いいたることはなかった。高校時代までは、そのままで、イケル、と思っていた。まさに「井のなかの蛙」である。東京に出て完全に打ちのめされた。「季語」などからきし実感できていなかったのだ。無理もない。東京は雨の降り方からちがうのだから。細やかに、しとしとと、やさしく降る。おまけに北海道は冬の積雪に耐えられる常緑樹が極端に少ない。黄楊も椿もない。葉の表面にみられる蝋びきのクチクラ層は、北海道の樹木にはない。杉の木だってない。

小学校の入学式の朝はまぎれもない猛吹雪で、桜散る入学式など遠い異国の観光写真そのものだった。古典を読んでも、語感がついていくわけがないのだ。東京に出てそれに気づいたあとは、いちから学びなおしだった。安東次男の著作が日本語再学習テキストとなった。

だが、あとから学んだ語感は、どこまで行ってもあとから学んだ語感だ。無意識のやわらかな部分に真っ先に入ってきたことばによって形成された部分は、北海道という荒々しくも豊かな土地の自然と、外部から入植した人間が形成した社会の内部で培われたものだった。人が最初に体験した語感や微妙なニュアンスは、意識化できない深い部分に織りこまれているため、一生その個人から消えることはない。

南アフリカで生まれて二十歳までそこで暮らし、ロンドンへ渡ったジョン・クッツェーが初めて短篇を書いたときの経験が『青年時代』に出てくる。ビーチ（beach）という語についてだ。

物語に出てくるビーチから彼らはイギリス風ビーチを、さざ波に洗われる数個の小石を思い浮かべるだろう。イギリス人には、切り立つ岩壁の裾に荒波がぶつかって白く泡立つ砂地と、頭上を風に抗って鷗や鵜が飛び交うまばゆい空間が見えはしまい。

『青年時代』第七章

無駄のないシンプルで静かな文体で地域性や時代を超えた骨太の小説を書き、数々の賞を受けた作家が、「英語が自分の言語だと思ったことはない」といって、グローバル言語としての英語の覇権への違和感を募らせ、それを明言するようになっていったことは注目に値する。

無駄のないことば遣いでは詩人、安東次男も負けてはいない。その作品には日本語としてまれに見る硬質な手触りがある。そして作品行為において完璧であろうとすることをあえて避け、未完であることを目指したのではなかったか。未完とはこの場合、ある種の沈黙がありありと出現するよう仕掛けることだ。その作品に、そこから次にくる者が受け継ぐほつれ、つながり、といった「歯型」のような、抵抗感のある触感を刻みつけようとしたのではないか。作品を読み解く手がかりとして。読み手が受け継ぐべき核として。

この詩人は自分の「現代詩」としての作品がある完成形に近づくと、それをさらりと捨てて、削りに削った俳諧、俳句という、世界一短い詩のかたちへ向かった、というか戻っていった。さらに『芭蕉七部集評釈』の改訂につぐ改訂による、日本語の掘り起こしの作業を行なった。この後期の作品は、読んでさらさらとわかったつもりになれるテクストではない。この日本という多湿の地において、なんとか「他者」を迎えようとする、全身全霊をかけた一連の作業の結果のように見える。だが、京都が異国に感じる者には徹底的に閉じられたテクストでもあった。おそらく彼はそのことに気づいていなかった。

そんな安東に向かって一度だけ、北海道生まれの者のニホンゴの語感は内地生まれの人のものとはまるでちがうのだ、と訴えたことがある。すると、岡山に生まれ、ゆるぎなき京文化のなかで青春をおくった人は、そんなちがいはなくなるところまで行きなさい、と急に「威張りの安東」になった。

それはちがう、それでは「他者」は見えない、「帰巣者の芸術」を語る詩人が地方を無視した言語の中央集権主義者でいいのか、と旧植民地生まれの人間は憤懣やるかたない思いに駆られた。だが、そのときは反論することばを持たなかった。

思えば、それ以来のこだわりが、わたしを、メトロポリス中心の「世界文学」の外に身を置いて、境界線をまたいで書こうとする作家――南アフリカ出身のJ・M・クッツェーやカリブ海出身のマリーズ・コンデ――の作品を日本語に移し替えることへと向かわせたのかもしれない。

たそ、かれ、ボードレール

大学の卒業論文に選んだテーマが、なんとボードレールだった。なぜボードレールだったのだろう？

ある雑誌から「ボードレールを六、七〇年代の日本がいかに受容したのか」というお題をいただいて「たそ、かれ、ボードレール」と口のなかで何度もころがしてみた。それで気づいた。二十歳前後の青二才にとって深い意味などなかったのかもしれない。詩と詩人の生涯に興味があって、たまたまフランス語が専攻で、ならばフランスでいちばん「ビッグな」詩人をやっておこうと思っただけだったのかもしれない。そういってしまうと身も蓋もないが「たそ、かれ、ボードレール」だったといまは思う。「ボードレール？　だれそれ？」だったのだ。

北海道の農村から大学進学のために光まぶしい四月の東京へやってきたとき、この詩人の作品で卒論を書いて、約半世紀後に『鏡のなかのボードレール』なんて本を出すとはゆめゆめ思っていなかった。北海道が旧植民地だったという認識も知らなかった。十六歳のときに目を開かれる思いで読んだ『第二の性』の著者がパートナーと来日したというニュースが流れてきたのが高校二年のときで、ＦＭラジオから流れるそのジャン＝ポール・サルトルのきんきん声に、これが一世を風靡する哲学者の声かと眉間に皺を寄せたものだった。

あとづけ的に、高校時代に翻訳で読んだサガンやボーヴォワールを原書で読みたくてフランス語を学ぶことにしました、というと、わかりやすいねえ、といわれるのでもっぱらそういってきたが、バタイユやブランショを乱読する混迷の学生時代が終わってみると「本当にこれがやりたかったのか」と自問せざるをえないボードレールに引っかかって卒業していた。だが、当然ながら痕跡は残る。それが手がかりとなる。

大学で詩を学ぶとか、語学文学の畑へ入りこむとか、高校までは、いや大学へ入った直後も、まったくもって想定外だったのだ。女を大学までやってどうするといわれた時代、どこで道が曲がってしまったのだろう。十代に読んだフランス詩といえば実家の書架の世界文学全集を頼りに入手した文庫版『ヴェルレーヌ詩集』くらいだったのに。「秋の日のヴィヨロンの」と詠って涙好きの日本人に受けた詩人だ。その詩人に銃で撃たれた少年というセンセーショナルな逸話から興味津々で読んだランボーは、その後とんでもなく面白い金子光晴訳で読んだけれど、そのときもまだボードレールは彼方にかすんでいた。

東京に出て半年後、ばたばたと大学闘争が始まりストライキになり、あれよあれよとバリケードが出現して、呆然としたものの、その翌年の出来事が人生の結節点になるとはまだ思わなかった。そして一九六九年四月十日、当時は西ヶ原四丁目にあった大学構内にたまたま居合わせた学生一二八名が、大学当局が呼んだ警察によって全員逮捕されるという事件が起きた（筆者は友人と組んだ一日交代のアルバイト中で、まったくのノンポリといっていいような友人のほうが逮捕されてしまった）。あまりの理不尽さに抗議して、二カ月後に機動隊に囲まれて強行された進級試験を受けることを拒否し、学生の約半数が留年した。

　理不尽なことには隷従しない、自分の生き方は自分で決める、と意識したのはそのときだったかもしれない。学費（年間一万二千円）を払ってくれる親には内心「ごめんなさい」と呟きながらも、これは避けて通れない選択なのだと言い訳のことばを吐いた若造時代。あらゆる問題が吹き出すようにして目の前に置かれたあのころ、行き詰まって身動きが取れない気持ちになるといっそこの世からどろんと姿を消したいと思ったりもしたけれど、そんなこじゃれたことなどできるわけもなく、ひたすら本を読み、自問自答をくりかえしたあのころ、一年半ほど授業が途切れたあいだにキャンパス以外の場所で「学びほぐし、学びなおすこと」を多くの学生たちは学んだ。

　しばらくして再開された授業で、丸山圭三郎のかぎりなく刺激的な、ソシュールの『一般言語学講義』をめぐる授業を聴いた。「ジャズのインプロヴィゼーションと詩の発語」を「ラング、ランガージュ、パロル」というソシュール言語学の用語と類比させながらレポートを書き、それをジャズ雑誌に載せてもらったりもした。

そのころ誘われて参加したのが安東次男の『悪の華』の講読で、受講者には学外者もいた。これまた誘われて同人誌に詩を投稿したのはそれより一年ほど前だったろうか。見わたせばほぼ全員が男子学生で、一人称複数「われわれ」と二人称単数「あなた」と「時制」をめぐる自作詩はほとんど理解されず、女の書く詩は「生理的」だと一蹴されてモヤモヤがつのった。ヌーベル・クリティークがもてはやされ、フランス文学、フランス思想が華やかなりし時代だった。そのせいで、フランスの詩人といえばボードレールだったのか。いや、むしろ若者たちにとっては、アメリカのロック歌手やヒッピーに持ちあげられたり、ゴダールの映画「気狂いピエロ」の最後で引用されたランボーだったのではないか。

書架の奥から出してきた一冊の雑誌を広げてみる。「ユリイカ臨時増刊号、総特集ボードレール」、責任編集は阿部良雄、装幀は加納光於、編集人が三浦雅士、全三九四ページの分厚さだ。目次を飾る面々がすごい。巻頭エッセイに佐藤朔、村上菊一郎が肩をならべ、評釈とエッセイに杉本秀太郎、清水徹、安藤元雄、粟津則雄、菅野昭正、種村季弘、窪田般弥、加藤郁乎が名を連ね、ベンヤミン、カイヨワ、ボヌフォワ、ベガン、ブラン、出口裕弘、渋沢孝輔、松山俊太郎、阿部良雄、辻邦生、磯田光一、饗庭孝男と続き（名を書き列ねるだけで息切れする！）、さらにボードレール頌としてヴェルレーヌ、ランボー、マラルメ、アポリネール、ティボーデ、クローデル、エリュアール、ジューヴ、ポンピドゥーの訳があり、宮川淳、與謝野文子、豊崎光一、出淵博、鍵谷幸信、及川馥、佐藤東洋麿、奥本大三郎、川本皓嗣、横張誠、二宮正之、杉本紀子とならんでいる（ふぅ、疲れた）。出版年は一九七三年五月。

　近代ヨーロッパ文学が日本文学のなかに取りこまれ、フランス象徴詩もまた荷風、朔太郎、堀口、西脇などの仕事を通して質量ともに圧倒的な遺産となっていた。大岡信、清岡卓行といった名だたる詩人もまたフランス詩の読み手だった。

　一行が十二音節から成るアレキサンドランが四行、三行とならんでスタンザを作り、耳に強烈な響きを残す脚韻を踏む。そんな定型詩ソネを目や耳からあびていると、英語で書かれた詩の音がひどく柔らかく、どこかふにゃふにゃと物足りない気がした青い時代だった。でも、フランス文化の取りこみはもっぱら「白いフランス」から、革命記念日「七月十四日」を「パリ祭」といいかえる日本文化の通俗的軽さを加味しながら、人種差別的憧れを意識下に織りこんだかたちで行なわれたのだ。アフリカの植民地アルジェリア出身のカミュも、アジアの植民地インドシナ出身のデュラスも、歴史的文脈や個人史的水脈は棚あげし、白いフランス文化として輸入、消費された。そしていまは？

そういえば詩人ボードレールは美術評論家でもあって、「現代性《モデルニテ》」を追求し、エキゾチックなオリエンタル嗜好を確立する評論を書いた人だが、一八四八年の二月革命で手榴弾を握った手から火薬の臭いが消えなかったというエピソードをも残している。それで思い出した。

風化寸前のエピソードをここに書き記しておこう。あのころ通った大学にフランス文学を教えるふたりの「造反教官」がいたのだ。先に触れた安東次男と、岩崎力である。安東次男は六八年末の全学集会で（残念ながら筆者は帰省中だった）、学生たちの問いかけに大学執行部は誠実に向き合え、といって物議をかもし、教授会から弾劾辞職勧告決議を受けた。それに対して日本フランス語フランス文学会は即座に抗議声明を出して安東を擁護した。これは快挙、と内心フランス語科に属することを誇らしく思って再上京した。

一方、ソレルスなどの翻訳で名をはせた岩崎力は安東のような派手さはなかったが、非常に真摯に学生たちの意見に耳をかたむけてことばを発する人で、立場を越えて圧倒的な信頼をえていた。だがというか、それゆえというか、そのレジスタンスは文部省や教授会から徹底的な嫌がらせを受けた。渡仏の許可がなかなか出なかったり、給与を差し止められたり、教授になるのが遅れたりしたのだ——とつい語気を強めてしまうのは時代のせいだろうか。

十年ほど前にボードレールの一篇の詩「されど満たされぬまま」を訳すことがあって、そのとき考えた。死ぬまで腐れ縁のような関係を結んだ「黒い肌の女性」ジャンヌ・デュヴァルから見たシャルル・ボードレールってどんな人だった？

ジャンヌをめぐって日本の詩人、研究者、文学者はどんなことばを残している？調べていくうちに、この黒いヴィーナスをめぐる蔑視と偏見に満ちたフランス直輸入のことばが新たな意味を持って浮上してきた。有色の女性を自分の性欲の対象《オブジェ》としてしか見ない視線を無意識に内面化し、憧れの白い自分を夢想して、それを領土拡大時代に大東亜共栄圏という名のもとにアジアで実践したのが近代日本だったのではないか。見過ごされてきたのはその名誉白人意識で、いまなお未解決の慰安婦問題の根深さの要因はそこにあるのではないか。そんなことを考える探索の旅が、ヨーロッパの旧植民地アフリカ大陸南端を舞台にしたＪ・Ｍ・クッツェーの『恥辱』に出てくる娼婦ソラヤまで行き着いて『鏡のなかのボードレール』になった。

だが、ジャンヌを蔑視することばや、その固有性や歴史性を見ない（ことにする）視線について、学生時代にまったく気づいていなかったわけではなく、当時はそれを言語化する手立てがなかっただけなのだ。フェミニズムやオリエンタリズムという用語はおろか、現状分析の支えとなる思想も頼りなく、巷には、女の隷従など歌いたくなかった奥村チヨの「恋の奴隷」や、浅川マキが歌うのをためらった寺山修司作詞の娼婦殺害事件の「かもめ」や、整形手術で激変した弘田三枝子が捨てられた女を歌う「人形の家」などが怒涛のようにあふれ、いまにして思えば、胸かきむしられる時代だった。

卒業直前にパリを訪れた。就職後にかの地への憧れがファンタジックに膨らみすぎるのを避けるため、ピンで空気を抜いておこうと思ったのだ。二月の雨に濡れた石畳をどこまでも歩いた。モンパルナス墓地も訪ねた。四十六歳で病死した詩人を看取り、四年後に他界した母親オーピック夫人とならんで眠る墓を見ても、正直「なんだかなあ」だった。

遠い記憶に共振する同時代性を発見したのは、J・M・クッツェーの個人ライブラリー最終巻『51 Poetas（五十一人の詩人）』に四つの「スプリーン（憂鬱）」が入っているのを見つけたときだ。憂鬱と孤独に蝕まれる都市生活の情景を鮮やかに切り取る詩篇群。六一年暮れに、詩人になろうと辺境の地ケープタウンからイギリスのメトロポリスへ向かう船に乗った青年ジョンは、コンピュータプログラマーの職を捨てて文学の道へ戻るべく渡米した。そして五年後の七〇年三月、ニューヨーク州立大学でヴェトナム反戦運動に参加する学生たちを鎮圧する大学当局に抗議して逮捕され、起訴された四十五人の講師のひとりでもあった。時空を超えてめぐりめぐるあのころ。

そんなシャッフル状態の記憶をわきに置いて、ボードレールの詩からえた最大の収穫はなにかと考える。浮かんでくるのは「薄明」という意味のCrépuscule《クレピュスキュル》という語だ。ミネルバの梟が飛ぶ「かわたれ」「たそかれ」の夕闇が迫ると、今日もまたこの語が耳のなかでくしゅくしゅと音をたてている。

「樽」でジャズ修行

ジャズを聴きはじめたのは一九六九年だったように思う。前年の四月に入学した大学が、あれよ、あれよ、と全学ストライキに入り、授業がまったく行なわれなくなっていた。

入学した年の暮れに神経衰弱寸前になって北の田舎に帰ったけれど、雪に閉じこめられてやることもなく、「現場」から引き離されているというもどかしさに、すぐに東京に舞い戻った。それからはすべて独学。なにを学んだかというと、授業ではやらないことのすべてだ。それが現在にいたるまでの人生の基礎を形づくったと言えるかもしれない。人生に必要なことは大学の授業の外で学んだ。そこで出会ったもののひとつがジャズだった。

あらゆるものを検証しなおす開放空間のなかで、自分の好みががらりと変わっていくのがわかった。それまでの価値観のようなものを、ひたすら壊したい衝動にかられた。音楽も例外ではなかった。トリオ、クアルテット、クインテットといった、数人が対等に演奏する形式に惹かれた。全体の一部になることではなく、単独の存在として他の存在と向き合う形式だ。必然的に、それまでヴァイオリンを弾いていたオーケストラ――指揮者という独裁者が統治する全体主義の形式！――には足が向かなくなった。七歳から習いはじめて、入試勉強で中断していたヴァイオリンを再開して、ようやく馴染んだクラブだったのだけれど。

この一年間はいま考えても、わが人生における最大の混乱期のひとつだったと思う。それでも目の前に広がる自由時間を使って、あるプロジェクトを立ちあげた。都内ジャズスポット探索だ。雑誌「スイング・ジャーナル」に載っているジャズスポットの店名と電話番号、地図などを、茶色いリングノートの分厚い裏表紙にびっしりと書き出して、まず山手線と中央線の駅近辺から手当たり次第にのぞいていった。独りで行動した。あのころは映画も、ジャズも、書店も、よほど気のあう仲間でなければいっしょに行くことはなかった。なんでも、たいてい独りでやった。そこで自分がまず、なにを聴き、なにを感じたか、それをことばにすることに集中したかった。他人の感想に耳をかたむける余裕がなかったのだろう。

　がらんとした広い場所で十八歳まで暮らしてきた反動として、狭い路地裏のビルの狭い階段を登ったり降りたりしたのだろうか。新宿ならピットイン（表の店と裏のライブスポット）、歌舞伎町にあったジャズヴォーカルの店（店名は覚えていないけど、ここはもっとあとからできた店だったかも）、前衛ジャズをかけるＤＩＧと大人の雰囲気で酒を飲むＤＵＧ、アカシア（なぜかロールキャベツが名物）、渋谷のスウィング、デュエット、ついでに隣のロックの店ブラック・ホーク（ホーローびきのカップで珈琲が出てきた）ものぞいて――もう一軒、道玄坂近くのビル内にライブを聞かせる店があったけれど名前が思い出せない。お茶の水のＮＡＲＵの階段を地下におり、四谷のイーグルから神保町の響とコンボをはしごして、新橋の裏通りのビル

6Fにあるジャンクへたどり着く。ここは毎週ライブに通った。中央線沿線も歩いた。吉祥寺駅の北にあるファンキー（フロアによってかける音楽がちがって、4Fがヴォーカル）、南口のビバップ（ロックが多い）、といったふうにあちこちのぞきながら、肩の凝らないスポットを見つけた。立教通りの「樽」という店だ。

　池袋から外側へ歩いて三十分ほどのところに住んでいたので、大学までの道すがら、ちょっと立ち寄ることができた。そんな利点もあったけれど、毎日のように通ったのは、その店にはとても素敵なウェイトレス――と当時は言ったのだ――のおねえさんがいたからだ。もの静かで、成熟した大人の雰囲気を醸し出しながら、いつも、突っ張った感じで独りで入っていく女子学生にニコッと笑いかけて、反感を抱いていないことを伝えてくれた。当時は、ジャズ喫茶へ独りで入っていく女子学生は非常にまれだった。女性客はたいてい男性に連れられてやってくるか、面白半分に連れ立って入ってくることが多く、酒を出す店に女がひとりで入っていくと、「おまえ男漁りにきたのか」とあからさまな表情で迎えられたりした。だからあのおねえさんの微笑から感じられたのは、いまでいうシスターフッドだったのだ。

「樽」というその店はレコードをじかにかけることもあったけれど、カウンターの横に大きなＴＥＡＣのオープンリールデッキが設置されていて、銀色のリールが二個ゆっくりとまわっていることが多かった。店主のこだわりが変にうるさくないのもよかった。でも音はすばらしかった。珈琲のおかわりが半額というのも嬉しかった。読みかけの本をテーブルに出して、当時流行りのソシュール言語学講義にまつわる、シニフィアン／シニフィエとか、デノタシオン／コノタシオンとか、専門用語がやたら多出する雑誌記事などに読みふけった。二時間ほどねばるのが常だった。立教大学通りのビルの二階にあった、ちょっと素人っぽいその店が、学生時代の「行きつけの店」になっていった。

ニーナ・シモン

恐かった。こっちをにらんでいる、そう思った。「あなたがたに、わたしの歌が本当にわかるの？」と詰問されているようだった。

一九七三年十月。大手町のサンケイ・ホールだっただろうか、それとも新宿厚生年金会館ホールだっただろうか。前方ステージにその人は立っていた。縮れた黒髪をアップにして、腕から肩まで出る白のロングドレスを着てステージにあらわれ、客席をじっとにらみつけてから、ピアノに向かって太い腕でキーをたたきつけるように弾いた。そして喉から絞り出すようなハスキーな声で歌った。

太平洋の向こうから「ニューポート・ジャズフェスティヴァル・イン・ジャパン」のために出稼ぎにきたニーナ・シモンには、愛想なんか微塵もなかった。ほかのミュージシャンがお義理で見せる笑顔を、この人は一度も見せなかった。ヴェトナム戦争が激しさを増した一九六〇年代、米国で地鳴りのように続いた血みどろの公民権運動の渦中にいた人だ。ディーヴァだったという。

　全然わかっていないのかもしれない、と本気で考えた。そもそも「わかる」って、いったいなんだ？　ジャズはいい、ジャズじゃなければ、なんてはしゃいでいるけれど、上っ面をなでてるだけじゃないのか、と痛感したのはこの瞬間だった。頭から冷水。思えばそのとき、大きな宿題をもらったのかもしれない。それ以来、黒い塊のような、理解不能のものを抱えこむことになったのだから。

　ニーナ・シモンのヒット曲はたくさんあるけれど、なんといってもイチオシは「ブラウン・ベイビー」。黒い赤ん坊に語りかけて歌う抵抗と祈りのバラッドだ。

「ブラウン・ベイビー」

ブラウン・ベイビー、ブラウン・ベイビー、
おまえが大きくなっていくときは、
たっぷりと入ったカップから飲んでほしいもんだ、
すっくと、まっすぐ立って、胸をはって、
はっきりと、まわりに聞こえる声でしゃべるんだよ。
ブラウン・ベイビー、ブラウン・ベイビー、
年月がたっていくだろ、そのときは、
頭をしゃんと、高くあげるんだ、
正しいことが通る規則のなかで生きられるといいのにね、
おまえには、自由へつづく道を歩いてほしい、
ちっちゃな、茶色の赤ちゃん、
だからお眠り、ぐっすりとお眠り、

このわたしの腕のなかで、安全に、お眠り、
おまえの父ちゃん母ちゃんがおまえを守ってくれるまで、
おまえに降りかかる危害から守ってくれるまで。
ブラウン・ベイビー、あたしが手にしたことのないものを、
おまえが手にするようになるといいね、
人の心から憎しみがぜんぶ消えて、
いい子のおまえがもっとましな世の中で生きられるといいね。
ブラウン・ベイビー、ブラウン・ベイビー、ブラウン・ベイビー。

（作詞作曲／オスカー・ブラウン・Jr.）

いつだったかは思い出せないけれど、初めてこの曲を耳にした場所のことは覚えている。青森だ。店の名は思い出せない。幾度目かの夏休みの帰省のときだった。当時、学生が東京から北海道へ帰省するには、上野から夜行列車に乗り、夜明け近くに青森駅について、早朝の青函連絡船に乗り継ぐのが一般的で、空路はまだまだ

高嶺の花だった。

　午後の早い時刻だったところを見ると、東京へ戻る往路に立ち寄ったのだろう。とにかく、そのジャズスポットまでの地図を片手に、青森の街を歩いたのだ。地下の細長い店だった。ドアを開けた途端に響いてきた大きな音に全身を包まれた。奥のほうに「山水」のスピーカーがふたつ、少し内側に顔を向けてならんでいる。中音域の伸びがすばらしく、ボーカル向きといわれた木製スピーカーで、前面には美しい透かし彫り模様が彫られていた。

　珈琲を頼み、店内を見まわしていると、パリパリ、と針が盤面をこする音がして、いきなり、その声が聴こえてきた。下腹部に響くすごい声。目をあげると、遠くのカウンターに「いまかけているアルバム」のジャケットが飾ってある。「ヴィレッジ・ゲートのニーナ・シモン」、やがて聞こえてきたのが「ブラウン・ベイビー」だった。

　そこまではよく覚えているのだ。でも、そのジャケットが赤と黒のルーレット盤だったのか、白地に大きな口をあけて歌うニーナの横顔をスケッチしたテイチク盤だったのかまでは思い出せない。手元にあるLPはテイチク盤だから、きっとそれだったんだろう。ルーレット盤はCDであとから買い足したものだ。

　でも最初に受けた衝撃は、いまでも、曲を聴くたびによみがえる。あれから歩いてきた自分の道も、ぼんやりと見えてくる。

　都内のジャズ喫茶をかたっぱしから訪ねあるいた六〇年代の終わりころ、いまではオシャレな音楽に分類されるジャズは、アメリカ黒人たちの生命をかけた運動と直結した生々しい音楽として伝わっていた。ブラック・パンサー党の集会でマイルス・デイヴィスがトランペットを吹いてるテープを入手した人から、途切れ途切れに聞こえるスピーチの文字起こしを、と頼まれたこともあったけれど、くぐもった声やことばを聞き取る耳の力などなかった。

　運動と音楽の関係について解説や持論をとうとうと述べる男たちはまったくもってウザかったし、ジャズに関心を持つ女たちとは、淋しいことに出会えなかった。だからひとりでヴォーカルを聴いた。黒い女たちの身体が響かせる声を聴いた。それで鍛えられた。音楽フリークになった挙げ句に、大学卒業後にレコード会社で働いたこともある。

ひっかかりはずっと続いた。八〇年代初めにトニ・モリスンの『青い目が欲しい』やアリス・ウォーカーの『メリディアン』を読んだとき、ここにあるのは、ニーナ・シモンの歌声とおなじ水源から流れてきた声だ。ことばになった声だ、つながった！　と思ったものだ。それは意識の下で脈々と流れてきた水脈が、あるとき、ふいに、もうひとつの水脈と合流する瞬間だった。

水難救助のように結婚して、三人のちいさな人たちがやってきた。その子育てトンネルのなかで光が見えたのは、モリスンやウォーカーを「発見」した北米黒人女性作家選全七巻と、その編訳者、藤本和子氏の卓越した解説のおかげだった。それに続いて出た聞き書き集、『塩を食う女たち』と『ブルースだってただの唄』から聞こえてきた黒人女性たちの「声」にどれほど励まされたか、とてもことばにならない。この二冊がそれから三十数年後に復刊されて多くの人に読まれている。ブラック・ライヴズ・マター運動が世界的に注目された時期と重なったこともあるが、ようやくこの社会が、アメリカの白い文化ばかりでなく、彼女たちの声を「聞く耳」を持つようになったからかもしれない。

思えば、グラフィック・ノベル『ＭＡＲＣＨ』の主人公となったＳＮＣＣ（学生非暴力調整委員会）の委員長ジョン・ルイスの名を知ったのは、アリス・ウォーカーの小説『メリディアン』（原作は一九七六年、日本語訳は一九八二年の出版）の扉裏だった。そこに献辞として「そして讃えられることのないジョン・ルイスへ」とあったのだ。ニーナ・シモンのピアノや歌とウォーカーやモリスンの作品は「アフリカン・アメリカン文化」の、いや「アメリカ文化」の最良部分といえるだろう。

へろへろOL時代

学生時代のジャズ好きが高じて、卒業後は音楽業界の片隅で働くことになった。黄色い各駅停車の電車で通ったオフィスは、黒々とした八階建てのビルの五階にあった。透明なガラスばりの正面玄関を入ると、まず広い吹き抜けがあり、左手に三機の大きなエレベーターを見ながら中央の階段をのぼる。その階段の裏手には白く塗装された金属製のシンプルな椅子とテーブルが数セットならんでいた。吹き抜けのせいで中二階のように見える上階には長いカウンターがあって、その奥が総務部、反対側の踊り場にはグランドピアノが置いてあった。

出勤した者は課長以下全員がまずその階段をのぼって、カウンターにならべられた名簿にサインするのが決まりだった。タイムカードを押す代わりだ。ところがこの名簿、出社時間の九時半になると総務部の人がザザーッと集めて片付けてしまうのだ。一分、いや、三十秒でも遅れると、名前と日付が罫線で区切られた四角い空白を目前にしながら「ああ、ああ」とため息をつくことになる。あとで始末書を書かなければならない。たとえタッチの差でも、サインできなかった者は各階の自分の机について、袖の抽斗からＢ６サイズの半透明の用紙に、なぜ遅刻したか、何分遅れたか、その理由、今後の対処法などを書きこみ、主任の机の横にある箱に入れなければならない。

　時間が来ると箱にたまった用紙は文書担当者によって集められ、毎日、係長、課長へとまわされて判が捺され、部長へまわされ、さらに上級職にまで回覧される。次長以上の上級職はサインを免除されたが、それ以下の人間はどれくらい休んだか、どれくらい遅刻したか、個々人の出勤率はもちろん評価の基準になり、一年間の査定に影響する。だが、それだけではない。月に一度、全課の出勤率が表になってあがってくるのだ。極端に低い課では対策をたてるよう促される。ＰＣなどない時代のことだから、「先端をいく」そんな「合理主義」と「管理主義」を貫くための手間ひまは、なかなか大きかった。

　というわけで、みんな九時半までにサインするのに必死である。駅からゆっくり歩いて五分もかからずに行けるそのビルまで、電車を下りると脱兎のごとく走る。まずホームから階段をかけあがり、改札を通り抜け、それから電車の線路をまたぐようにかかった橋の歩道を全速力で駆けて、三叉路の交差点では信号をなかば無視して広い大通りを横切り、ビルの玄関を入るや階段を二段跳び、三段跳びでかけのぼる。Ｔシャツにベルボトムのジーンズ姿の一群が、あるいはネクタイに背広姿の係長や課長までもが、息せき切ってビルに駆けこむ姿は、思い出しても苦笑したくなるような切ない光景で、いまもこの目にありありと浮かんでくる。

　遅刻の常習犯だった。遅刻だけではない。体調不良で休むことも多かった。三歳にして虫垂炎になり、発見が遅れて、地方都市の病院でペニシリンをかき集めて助かったとさんざん聞かされて育った。幸運にして命を取り留めたそのときから、ちょっとしたことでがくんと不調に陥る子ども時代を、元看護婦で四十歳のとき現役復帰した母の強力な管理のもとで育った、というのは東京に出てから気づいたことだ。とにかく高校時代までは病欠はあっても遅刻はほとんどなかったのだ。（とはいえ微熱が一週間下がらないこともしばしばだった。）親の目や、口さがない噂がたちのぼる狭苦しい田舎社会から離れて、二十四時間を自由に使えるのだと有頂天になって徹夜や深酒をした学生時代。だれに気兼ねすることなく、気ままに深夜の帰宅、夜明けの散歩を楽しんだ。そのリバウンドも大きく回復に時間がかかったけれど、とにもかくにも、結果をあれこれ心配せずに思いのまま、自分を縛る枠を一気に突破する無手勝流の気合のようなものは、まちがいなくこの時代に学んだ。自分の身体を学校や受験のための「管理」から取り戻したのはこのときだった。

　幼いころ虚弱だった人が人生のある時期、がらりと体質が変わって丈夫になる、という神話をいくつも聞いたことがある。だが、残念ながら、そんな奇跡がこの身に起きることはなかった。応募時点ですでに仕事の内容や賃金に明確な男女格差があった時代だ。兎にも角にも、仕事を得て生きていかなければならない。

勤め人になって慣れない伝票書きやらタイプ打ちやら、人間関係のストレスという大波をかぶった地方出身者の悲哀で、まじめにやろうとすればするほど心身ともに四苦八苦の泥沼に陥り、所属する課の出勤率をひたすら下げた。半日刻みで振替可能の時短休暇や有給休暇も、重い低血圧と十代からの凄まじい生理痛のためにあっという間に消えた。「組織」から見れば「使えない」へろへろOLだった。当然、課全体の出勤率がへこむ。課全体が取り組み、改善すべき対象になった。奥まった物置のようなところで課会が開かれ、追及の矢面に立たされた。「健康になってから出社せよ」と上司からいわれたときほど、わが身の体力のなさを呪ったことはない。

しかし、その職場には風変わりな人がいた。遅刻なんて一向に気にかけずに悠々と午後出社。アフロヘアに濃い髭を生やして、長めのトレンチコートをさっそうとひるがえし、えび茶のビロードのスーツに濃いサングラスをかけていた。胸の高さのパーテーションでフロアが区切られた、当時としては最先端の「アメリカンスタイル」のオフィスのなかで、その人のいる空間だけが不思議なオーラに包まれてい

た。みごとなまでにマイペース。もちろんその人は男性だ。担当はボブ・ディラン
とブルース・スプリングスティーン、街には「しくらめんのかほり」が流れていた。

あますぎるジャズは嫌いなんだよ

数年前に、ある新聞記事（辺見庸のコラム）で触れられていた「チェット・ベイカー」とはどんなミュージシャンか、と家人に問われてことばに詰まったことがある。説明できなかったのだ。そこで知人の推薦するアルバムを一枚だけ買って聴いてみた。「Chet Baker sings」、一九五〇年代半ばの録音で、場所はロスとハリウッド、ベイカーは二十代後半の若さだ。このトランペッター、確かに、あまく柔らかい素晴らしい音を出すのだが、若いころ聴かなかった理由も、アルバムを持っていなかった理由も、よくわかった。あますぎるのだ。全曲にベイカーの歌が入っている。こんなふうに歌うのは三曲くらいで十分だ、あとは楽器だけでいい、と家人とも意見が一致した。自己憐憫、いや紛れもない自己惑溺の、過剰な退廃的雰囲気があるのだ。さらに、それを臆面もなく前面に出してくるところが、まことに鬱陶しい。どうして日本でこんなに人気があるんだろう。

しかし、この時代の西海岸のジャズで唯一例外的に持っているアルバムがある。「The Rreturn of Art Pepper」。アート・ペッパーというサックス奏者、音色はあまいが、切れはかなりよい。LPで聴いていたものを八〇年代にCDで買い直した。いずれにしても、麻薬、アルコール、セックス、退廃の極みのような米国の白人男性中心の文化が咲かせた花である。

あの時代、米国ではジャズ音楽で身を立てることは、黒人男性にとってはスポーツ界とおなじように立身出世の花道になるが、白人男性にとってはメインストリームから完全にはずれる「落伍者」を意味したのだろう。おなじ音楽をやっても、白人と黒人では社会的意味合いがまったく違ったのではないか。

ビリー・ホリディが歌う「Body and Soul」や「My Man」は臓腑にしみるすごさ

があった。その理由を、いま、あらためて考える。わたしたちの手元には、すでにトニ・モリスンの作品群があるのだ。（ちなみに、五〇年代末から六〇年代初めに録音されたジャズを聴きたいという人には、スイング感あふれる、レッド・ガーランドがお薦めだ！）

　それでいて、学生時代に生演奏をやるジャズスポットへ通うようになってからは、もっぱら日本人の演奏する生の演奏を聴いた。アルバムは、買っても部屋で聴くことはほとんどなく、現場で聴くジャズと、部屋で聴くジャズはきっぱりと区分されていた。

　ニーナ・シモンを自室で聴くことは、ほとんどなかった。きつすぎるのだ。疲れて帰ってきて、また叱られるような歌を聴きたいとは思わなかった。部屋ではアン・バートンやサラ・ヴォーンなど、「癒し系」のヴォーカルを聴いた。そのほうが気持ちがやわらかくなり心の凝りもとれた。田舎者のワカゾーだったのだ。

　それでもさすがに、西海岸発のホワイトジャズは忌避した。チェット・ベイカーなど自己陶酔の底なし沼だ。自己憐憫から、より広い視野で見たときの、自分の特権性や他者との関係がクリアに見えてくることは、ない。

ジャズはアフリカ起源の音楽ではない

「ジャズはアフリカ起源の音楽だ、なんてのはちがう。ぼくは何年か前に数人の学者とその議論をして論破した」と言ったのは、言語学と文化人類学を専門としたマチョ・イネこと故西江雅之さんだった。

二〇〇九年四月、三鷹の「文鳥舎」で「世界中に散るフランスという国」というトークイベントがあった。西江さんの話しっぷりはまるで噺家のようにノリノリで本当に面白かった。テーマの意味するところは「フランス語が話されている世界の地域」のことではなかった。「フランスという国はヨーロッパ本国と、マルチニック、グアドループ、レユニオン、フランス・ギアナといった海外県と、カナダの大西洋側にあるサンピエール・エ・ミクロン、インド洋のマヨットといった特別自治体と、さらには、ニューカレドニア、フランス・ポリネシア、ワリス・フトゥナ、南極の一部といったフランス領をすべて含めた、世界中に散在する国として成り立っている」という、決定的な認識の転換を促すものだった。

　頭のなかでかたまっている「ヨーロッパのフランス」というステロタイプのイメージがゆさゆさ揺れて、そこかしこに風通しのよい穴があいて、崩れていく。瓦解した煙のなかから立ちあらわれる新たなイメージ、そこに「フランスという国家」をながめやる新たな目が養われる。西江さんの話はいつも聴き終わったあとが爽快で、気持ちがいい。

　ジャズの話はイベントが終わったあとの懇親会で聞いた。前日、ツトム・ヤマシタとのコラボレーションのために京都へ行っていたそうで、その流れから出てきたものかもしれない。話を聞きながら、ありありと思い浮かんだことがある。それは一九七〇年前後の日本の、いわゆる「ジャズ・シーン」をめぐる熱い語りにみられた、著しく偏った傾向のことだった。

当時の情報は、なんでもかんでも「米国発」が勢いを持っていた。というより、いま以上に「善良なる憧れ」を持って盲目的に、肯定的に語られていた。無理もない。敗戦後の日本はそれまでの「鬼畜米英」路線から百八十度転換して、アメリカの文化的植民地へまっしぐらの道をたどったからだ。田舎にいてもそれは凄まじかった。洋物好きの母に連れられていった隣町の洋画専門の映画館で見たのは、ハリウッド映画が圧倒的に多かった。ようやく田舎にも入ってきたテレビでは「ローハイド」「拳銃無宿」「ライフルマン」など、カウボーイ、流れ者ガンマン、実直な父親が「正義」のために悪人（インディアンはここに入る）を銃で殺しまくる番組が大人気、そしてホームコメディの「うちのママは世界一」とか「パパは何でも知っている」がゴールデンタイムに放映された。いまから考えると、あれは白人至上主義のものすごいプロパガンダだったことがわかる。そしてディズニー映画、お姫様映画、センチメンタルな恋愛もの。ハリウッド映画はアメリカ外交が公的に認める文化戦略の強力な一部なのだ。（これについてはJ・M・クッツェーがシカゴ大学で二〇一八年に行なった講演「『子供百科』で成長すること」に詳しい。）

六〇年代末は、ヒッピー、フォーク、ロック（ときどきブリティッシュ）音楽が大流行りで、文学だって、やれケルアックだ、ギンズバーグだと圧倒的に「白いアメリカもの」に光が当たり、インターネットなどない時代だから、そこからこぼれ落ちるものの存在など見えるわけもなく、異論をはさむ余地がなかった。そんな米国発の文学もつまみ食いのようにして少しは読んだ。でも基本的に面白くなかった。高校時代にヘミングウェイやスタインベックを読んだときとちがって、あまりにマッチョで白く感じられたのだ。カーソン・マッカラーズは数少ない例外だったけれど。音楽は、アメリカからやってくるジャズは、別だった。

はっきり言って、あの当時のジャズ聴きたちは「ジャズ＝黒人／アフリカ人の音楽」という固定観念から離れられない人が多かった。だから、ヨーロッパのジャズは二級扱いされたのだろうか。極端な人は、白人プレーヤーのジャズは「白人だからダメ」とまでいう始末。いったい、どんな耳をしていたのやら。いや、どんな頭をというべきだろうか——わたしも含めて。

　ジャズを演奏する人たちのなかにもまた「黒人のように」演奏すること、より「黒い」音楽を演奏すること、さらには「黒人のようになること」にまで（そんなこと不可能なのはわかりきっているのに）究極の目標を狭めていく人もあらわれて、それを肯定する左派めいた論客もまた人気を博した。それは「黒っぽいフィーリング」があるかないか、というふうに論じられた。それでいて米国の歴史をフェアに学ぶ手段は限られていたため、対象を「神」のように絶対視する論調が幅をきかせた。これは他集団への、「憧れ」という名の依存だ。

　なんか変だと思いながらも、当時はうまく反論できなくて、嘘くさいその手のライナーノーツや解説なるものは読まないことに決めた。懐疑心のせいだったのか、といまになれば理由をつけることもできる——だって、じゃあ、なんで日本人がジャズをやるの、なんでロックやるの、ということになるでしょ？　六〇年代末から七〇年代初めって、そういう時代でもあったのだ。

音楽も、文学も、人種や民族と「不可分に」結びつくものなんかない。結局それは「文化」なのだから。最初に創った人たち、というのはいるだろう。アフリカン・アメリカンと呼ばれる人たちは、アフリカから奴隷として連行されたのち、元の言語を奪われ、何世代もかけて白人文化が強いる「器」のなかで、アフリカ起源のものを密かに伝えながら、手近にある、さまざまな道具、アイディアを混入させて独自のものを創り出していった。彼らの創造性はそこにある。ワークソング、ブルース、そしてジャズ。しかし、それは黒人でなければできないものではない。ただ、事実として彼らがやったことなのだ。そこのところを混同すると、すごくまちがう。

そこを押さえなければ、日本人でなければ日本（語）文学は書けないという考えに（そう信じている人はある年齢層以上に、いまだって、いる）反駁できない。フェミニズムはヨーロッパ思想だといって批判し、独自の民族文化論を持ちだす人に反論できない。「文化」は人間が作ったものなんだから人間が変えることができるのだ、としてイボ民族の低すぎる女性の権利拡大を主張するチママンダ・ンゴズィ・アディーチェを思い出すまでもない。文化本質主義ほど民族間のコンフリクトを生み出す発想はないのだ。

日本人のすばらしいジャズメンはたくさんいるし、黒人でなければジャズができないなんて、いまじゃ誰も思わない。「白人たちはジャズまで奪っていった」という黒人サイドの発言を聞いたこともあるけれど、それは見方を変えるなら、アフリカン・アメリカンの「文化」が白人文化を凌駕したということでもある。文化も、伝統も、きわめて創造的な、つまりは、恣意的なものである。

西江雅之さんの話を聴いてすっきりしたのは、その辺と大いに関係がある。自分を縛ってきたしがらみや不安から、解き放たれたような気持ちになった。そこにはソシュール言語学を学んだとき以来の解放感があった。

「ブルー・バートン」をＪＭＣにあげた日

初めてステレオシステムを買ったのは一九七一年二月だった。学生時代に住んだ最初のアパート、四畳半という真四角のちいさな空間に、ひとつしかない壁を背にしてならんだコンポ。近くのお茶屋さんでもらってきた小ぶりの茶箱に——ＬＰジャケットがぴたりとおさまる大きさだ——クリーム色のペイントを重ね塗りして、ソニーのレシーバー（プリメイン・アンプとチューナーの合体型）を置き、その上にベルト・ドライヴ方式のＬＰプレーヤーを積んで、両側に置いたシンダー・ブロックにクライスラーのスピーカーをのせた。

そのコンポで初めて聴いたＬＰがアン・バートンの第一アルバム「ブルー・バートン」だった。アルバイト代をひたすら貯めてコンポを買ったばかりのころは、外出しても落ち着かず、いそいそと帰宅してストーブを点ける間ももどかしく、たった一枚しかないこのレコード盤に針を落とした。冴えわたるタッチのルイス・ファン・ダイクのピアノをバックに、ゆったりと深い響きが立ちあがる。二十一歳になる冬に深雪の故郷へ帰って、両親の協議離婚の話に立ち会い、東京へ戻って迎えた三度目の冬だった。コートを脱いでお湯をわかすころにA面は終わり、ディスクを裏返してまた針を落とす。熱い珈琲カップを手に腰をおろすと、針はすでにB面の四曲目「In The Wee Small Hours of The Morning」の溝を走っていた。

あれは一九九〇年ころのことだったか。新宿タカノの斜め向かいの、大きな通りに面したカフェ・ラ・ミルで友人と話をしているとき、店内に流れるＢＧＭの歌声がいきなり耳に飛びこんできた。その瞬間、胸をかきむしりたくなるような恥ずかしさが全身を包んだ。なぜ「恥ずかしさ」だったのだろう。説明しがたいあの感覚は、いったいなんだったのか。

曲は「バラッズ・アンド・バートン」からだった。アン・バートンの二枚目のアルバムである。学生時代にいやというほど聴いたアルバムの、聴き慣れた曲の数々。しかし、カフェ・ラ・ミルで聴いた歌声の、歌詞として聴こえてくることばや意味が、記憶のなかのそれとは微妙にぶれていた。どうやら恥ずかしさの震源は、意表を突かれたその「ぶれ」から立ちのぼっているようだった。

アン・バートンが歌う歌詞は、よく耳を澄ますと、英語を第一言語として育った人のものとはちがう、とそのとき気づいたのだ。もちろん彼女がオランダ人であることは知っていた。しかし、一九七〇年代初頭に学生をやっていた田舎者の耳には、そのちがいが識別できなかった。そのことが恥ずかしかったのだろうか？ いや、そうではない。

歌い方がたどたどしい、というわけではないのだけれど、すでに英語を母語とする友人がいたり、英語をリンガ・フランカとしてアフリカの人たちと話をする機会があったりしたためか、アン・バートンの歌から聞こえるその微妙なぶれが、丁寧に歌いあげている分、逆に、微かな居心地の悪さを感じさせたのかもしれない。ゆったりとした、一語一語をかみしめるようにして歌う声がどれほど心に深く沁みてあのころの自分を支えてくれたかを思うと、まるで借りを返していないみたいな気分に襲われたのだ、とか、月並みな説明もいまならできる。荒野にひとり立っているような、どうしようもなく暗く、やみくもに日々を通過していた青い時期に、京都も大阪も、まったくもって異国だ！　東京だってほとんど異国だ！　自分は「ニホンジン」じゃなかったのか！　と憤りながら送る、おぼつかない都会生活の日々に、あのわかりやすい英語の歌声が自分を繋ぎ留めてくれたのだ、と、いまならきっと正直にいえそうな気がするのだけれど。

アン・バートン／Ann Burton（1933－89）はオランダ生まれのジャズシンガーだ。レコード盤がガリガリになるまで聴いた彼女のアルバムに再度針を落としたのは、どっしりと重いマイクロのＬＰプレーヤーが友人からまわってきたときだった。数百枚のＬＰが押し入れの天袋の奥深くしまいこまれてから、長い時間がたっていた。

偶然だが、ちょうどそのころ読みはじめたＪ・Ｍ・クッツェーの訳詩集『漕ぎ手たちのいる風景——オランダからの詩』のなかで、とりわけ気に入ったスリナム生まれのオランダの詩人にハンス・ファファレーイ／Hans Feverey（1933–1990）という人がいて、彼の生年がなんとアン・バートンと同年だった。没年もわずか一年の差。まさに同時代、いや同世代のオランダ人だ。ヘラクレイトスの思想に通じる詩を書き、フランソワ・クープランが好きでハープシコードの曲を作曲したりしていたファファレーイの詩については、その後「現代詩手帖」で何度か紹介したことがある。

「ブルー・バートン」を二〇〇六年にＣＤで買いなおそうと思って、ネットショップで調べていて驚いた。そのとき手に入るアルバムはすべてメイド・イン・ジャパンだったのだ。アマゾンのＵＫサイトでも、ＵＳサイトでも、出てくるのは日本語の帯のついた写真だけ。つまり日本人こそが彼女のアルバムの最大の購買層だったのだ。不思議だった。日本とオランダの関係は長くて深い。江戸時代の日本が交易を続けたヨーロッパの国はオランダだけだった。その関係によって形成されたなにかが、深部でたがいに引き合う心情として残っているのだろうか、とこじつけめいた憶測を強めてしまいそうだ。

この年の九月に初来日した作家Ｊ・Ｍ・クッツェーに会ったとき、先の訳詩集の序文にクッツェーが「礼儀正しさ、義務感の強さ、倫理的用心深さといったカルヴァニスト的美徳に強く染めあげられたオランダの国民性」と書いていることについて話をしたのも、その憶測が遠因だったかもしれない。初対面の緊張をほぐすために話のネタのひとつにアン・バートンのアルバムを持参した。それが「ブルー・バートン」だった。あの「一九七一年」を東京で生き延びたのはこのアルバムのおかげだったと思いながら、ジョン・クッツェーにそのＣＤを手渡すと、手に取ってじっと見入ったあと「これは日本版ですね」と彼はめざとく指摘した。「聴かせていただきますよ」と丁重にお辞儀までして（どういう意味だったんだろ？）受け取ってはくれたが、ジャズは聴かないとキッパリ答えた人がはたして聴いたかどうか。自分の青春時代を支えてくれた音楽ＣＤを、いくらオランダが共通のオリジンとはいえ、初めて会った大作家に一方的に手渡すなんてどうかしてる——と、いまとなっては、言いようのない苦笑に襲われる。

生き物たちのさざめき

八〇年代の初めに、就学前の子どもを三人抱えて、東京上野から西の郊外へ引っ越してきた。それ以来、最寄りの駅まではたいてい歩く。その途中に、初夏になると新緑の匂いが立ちこめる小径があって、木漏れ陽をまとって歩きながら森林浴ができる。

その帯状の緑地斜面をジグザグに下る小径で、よく野良猫を見かける。夕方から夜にかけてタヌキやハクビシンも出没するらしい。夕暮れになにやら走り抜ける影を見かけて、あれはタヌキか？　と思ったことがあるけれど、まだハクビシンにはお目にかかったことがない。

高台なので、夏は涼しく、冬は寒い。都心から帰り着いて、駅で電車からホームに降り立つたびに「涼しい！」「寒い！」と思い、丘を登るともう一度「涼しい！」「寒い！」と思うのだ。

図書館も坂道を降りたところにあるので、なにかにつけてそのプロムナードを往復することになる。秋になって早々と暮れる夕刻の帰り道など、今日は猫に会えるかな、ひょっとしてタヌキがいるかも、とわくわくしてしまう。

都心に暮らしていたころは、子どもたちはなかなか外遊びに恵まれず、新鮮な屋外の空気に十分触れるチャンスがひどく限られて、なんとなく病気がちだった。それが、郊外に引っ越してからはみるみる元気になって、プランターに植えられていた植物が地面に植え替えられたように勢いよく育ちはじめた。これには本当にびっくりした。そして小躍りするくらい嬉しかった。

ちいさかった子どもたちも、怒涛の十代、二十代を通過して、いまでは社会の中堅をしめる年齢になった。

梅雨のあいまにひさしぶりに、緑地のへりを駅とは反対方向へ歩いてみた。大木が両側からアスファルトの道路におおいかぶさるように茂って、通りかかった車が緑のキャノピーをくぐり抜けていく。

でも散歩の途中で、ある日突然、昨日までそこにあった風景が激変しているのを何度も経験してきた。あれ、どうして「これ」が見えるの？ といぶかしく思う瞬間に遭遇するのだ。

「これ」とは、ぽっかりあいたところに、まばらに残る背の低い樹木と、空と、山の稜線と、手前には駅前の建物群が広がる灰色の風景である。昨日までは大樹の幕で見えなかったものが、急に見えるようになる瞬間、あ、また樹が伐採されたんだ、と気づくのだ。

じわじわと緑が侵食される。この国の人口は減っているのに、大都市郊外の宅地だけは広がり、樹木は伐採され、マンションやビルが新築される。地方では限界集落といわれる過疎の町や村がどんどん増えているのに、「開発」と「経済効果」という時代遅れの名目で樹木は伐採される。いまもそれは続いている、というより激しさを増して、地球温暖化の背中を押している。

引っ越してきたころは、都心から終電で帰り着いた駅から、蛙の声を聞きながら家路に着いたものだ、というと若い友人たちは「なんと牧歌的！」と笑う。いまでは田畑はほとんど姿を消して、小川は暗渠となり、沈黙の春が近いのか、蝶々や蜜蜂も見かけなくなった。田舎ではどんどん人が減っているのだろうな、と田んぼに囲まれて育った人間はため息をつく。

それでも。季節の変化が感じられるのはとても深い慰めだ。早春は窓から桜の蕾をついばむツグミの番《つがい》をながめ、深々と茂った緑地から鶯の声が響き、くぐもった音で山鳩が鳴く。寝つけない夜更けに喉を絞るようなホトトギスの声を耳が拾う。

なかなか訪れない眠りを待ちながら、生き物たちのさざめきに耳を澄ませる夜、自分も生物の端くれなのだという感覚がよみがえる。

湿気のない土地

湿気が苦手だ。北で生まれ育った身には、梅雨や夏の台風シーズンは苦行の季節となる。息が苦しい。じっとり重たい空気から酸素を体内に取りこむ力が追いつかない。気分はいつも酸欠状態だ。

でも梅雨には楽しみもある。西洋クチナシの花をグラスに挿して、ふわりとただよう芳香をかぐ。あまい香りに誘われて、いっそ「暑中見舞い」の前に「梅雨中お見舞い」を書こうかな、なんて思っていると、東京ではあっけなく梅雨あけ宣言が出て、早い！　と驚いているうちに猛暑やら台風やら、豪雨による甚大な被害が伝えられた二〇一八年の夏。そんなときは自然が情け容赦ないことをあらためて思い知る。

幼いころから暮らしていた北海道に梅雨はなかった。学生になって、東京で初めて迎えた梅雨の記憶はすでに遠いけれど、内地の暑さに驚愕したことはよく覚えている。なにしろそれまで住んでいた土地では、最高気温が二十六、七度という真夏日が、七月末に一週間ほど続いたあとは冷風、すぐに朝夕は長袖のブラウスが恋しくなったからだ。

人生もとうに半ばをすぎたころ、まるで湿気のない土地を旅したことがある。ケープタウンだ。初秋の成田から初夏の南半球に降り立つと、空気がからりと乾いていて、サイコーに快適！　こういう土地に生まれていたら酸欠もなく、颯爽と仕事ができたかもと、せんない思いに駆られた。

ちょうどケープタウン生まれのJ・M・クッツェーの自伝的三部作『サマータイム、青年時代、少年時代』を翻訳中で、作家が長年暮らした土地と作品の舞台をじかに歩いた。おなじ英語の語彙でも南ア特有の語感や、乾いた硬質な文体を生んだ風土を、わずかでも肌で感じてみたかったのだ。
アフリカ大陸最南端の十一月は初夏で、すでに日差しも強く、光と影の境界が驚くほどくっきりしていた。あちこち訪ねあるいて写真を撮った。素人でもカバーや口絵に使える写真が撮れたのは、高性能カメラのおかげもあるが、空気が乾いていたことが大きい。

宿の窓からテーブルマウンテンが見えた。平らな山頂から流れ落ちる白い雲はテーブルクロスと呼ばれて、見飽きることがなかった。滞在中は朝起きるとまず山の姿をカメラにおさめた。

クッツェーが六十二歳ころまで勤務したケープタウン大学を訪ねると、アポイントなしで行ったにもかかわらず、親切なスタッフが『青年時代』に出てくる古い図書館の読書室や地下の資料室、英文学の講義に使われた階段教室、作家が使っていた研究室の前まで案内してくれた。

内陸部の町ヴスターへ足を伸ばして、クッツェーが『少年時代』に住んだリユニオン・パークを訪ねた。「当時周辺には樹木がまったくなかった」と作家がメールをくれたその家を背にすると、遠く青い山並みが見えた。少年が毎日目にした風景だ。

わたしが少女時代に住んだ家の窓からも、青い山並みが見えた。ふたつのこぶが連なるピンネシリ。成長期に目にした風景は、記憶の底に焼きついて消えることがない。

時代と規模の大きな差はあるが、植民と開拓の歴史を持つ土地で生まれ育った経験が、たまたま手にしたクッツェー作品によって目覚め、深く問われ、この作家の作品群へと向かわせたのだろう。その土地が持つ歴史の真実を教えられずに成長したことも共通している。

しかし。ケープタウンのように空気が乾いている土地では山火事が起きやすい。この章に加筆している二〇二一年四月、夏の終わりのテーブルマウンテンで山火事が起きた。炎は山の裏手のデヴィルズ・ピークから真下の斜面に位置するケープタウン大学を容赦なく襲った。南東から吹く強い風に煽られて、図書館の古い建物は焼失、落ち着いた雰囲気の古雅なジャガー読書室は骨組みしか残らなかった。反アパルトヘイトの歴史を伝える資料やアフリカ随一のフィルムライブラリーが消えたと伝えられている。

二〇二〇年もオーストラリアで起きた山火事のためにコアラなど生き物たちが甚大な被害を受けた。東京の亜熱帯モンスーン気候ではそんな山火事の心配はないけれど、南半球の山火事、北半球のとんでもない猛暑、そして水害、この地球にはびこりすぎたニンゲンの動きはどこへ向かっていくのだろう。

どこでも朝顔

ベランダの隅で、なにやら緑色の帯が雨水管のまわりにまといついている。水が流れこむグリッドのあたりだ。よく見ると葉っぱと茎、双葉と本葉が二枚ついている。朝顔だ。

前の年に、植木鉢で咲いていた朝顔の種がここへ飛んで発芽したらしい。雨が降るたびに水が流れ落ちる管に、ベランダの床からも水と埃が流れこむ。グリッドの手前でたっぷり水分を含んだ土埃のなかに、根を張り、茎を立ちあげた朝顔。水と温度と時間があれば、種はどこでも発芽するようだ。おやまあ。

春は仕事にかまけて、朝顔の種を鉢にちゃんとまいてやれなかった。そのうちあれよあれよと夏を迎えてしまった。

そんなニンゲンの勝手なんか知りません！　とばかりに、植物の種は新芽をのばして生長する。土を準備したわけでも、水をやったわけでもないニンゲンは、ひょっとしたら大きくなって花が咲くかも、と緑色の苗に欲深い願望を抱きながら、いそいそと、移植べらで植木鉢に植え替える。

根を壊さないよう気をつけて、たっぷり水もやったが、連日の猛暑にちいさな植物は元気がない。生育条件が変わってびっくりしたのか、根を減らした分、茎を支える土台が揺らいだのか。

ニンゲン翻訳者はここで、急に朝顔の観察者へと変身して、絵日記を書く小学生みたいに毎朝、どうかな、どうかな、と観察する。朝顔は、うるさいなあ、水だけくれればいいんだよ、と夏休みに入って親の小言に耳をふさぎたくなる小学生みたいに感じているかもしれない。

そこで、ニンゲン翻訳者はそしらぬふりをして、ＰＣに向かいながら網戸越しにながめやる。向日性の朝顔はベランダの壁に背をむけて斜めに茎をのばしていく。世話焼きの観察者はときどきPCを離れて、バランスよく育つようにと鉢の方向を逆向きにする。

「そしらぬふりをして」が朝顔の苗にわかるわけもないだろうが、その朝顔の観察者がニンゲンの子が育つのを見ていたころは、このそしらぬふりがいたく苦手だった。すぐに直球でひと言。このひと言をニンゲンの子は助言とはもちろん受け取らず、小言や叱責として耳に入れる。心は擦り傷だらけになる。

　無理もない、いまにして思えばそれは助言ではなく、目の前の事態を日本語で正確に口にしようとしただけだったからだ。

すぐにひと言で決めつける！　とやや大きくなったニンゲンの子はよく批判したが、もっともである。ところが。

　先日すっかり大人になったその元ニンゲンの子とおもしろいやりとりをした。元ニンゲン親があれこれ前置きのようなことを述べてから核心へいたろうとすると、ひと言でいって！　ことばが多すぎる！　とのたまうのである。

おやまあ、ここまできたかと元ニンゲン親は内心ニンマリ。時間こそが生き物の生長と成長をうながす滋養なのかと思う。時間こそが心の土壌を耕してモラルを育てる滋養なのだ。

育てるとは待つことで、この「待つ」が元ニンゲン親は苦手だったなあと振り返る。ベランダに目をやると、ちいさな朝顔が光をあびてみるみる立ち直っていく。

猛暑の、長い夏休み。子どもにとっては待ちに待った自由時間だが、忙しい親には、じつはなかなかきつい一月となる。

クスクスの謎

クスクスが好き。くぐもった笑い声みたいな名前の、謎めくマグレブ料理だ。マグレブというのはアラビア語で西方という意味で、アフリカ大陸北部の大西洋とエジプトにはさまれた地域のことだ。国でいうとモロッコ、チュニジア、アルジェリア、ときにリビアも含む、と事典にはある。

でもクスクスは、じつは地中海沿岸から西アフリカやブラジルまで広い地域で、さまざまな素材を使って作られ、食べられている料理なのだ。料理は人といっしょに旅をする。謎も運ぶ。かくしてアルジェリアやモロッコからフランスへも入っていった。

記憶をさかのぼれば、初めてクスクスなるものを食べたのは、一九七四年二月の真冬のパリだった。学生のうちに一度くらいはヨーロッパを訪ねておこうと思い立ち、パリ、ロンドンへひとり旅をした。一生に一度くらいはヨーロッパアルプスの雪を滑ってみたいと南仏のラ・プラーニュのスキー場も訪れた。スポーツは得意じゃなかったけれど、「雪国生まれの人間がスキーくらいできなくてどうする」と母に励まされて、ちいさいころからスキー（とスケート）だけは得意だったのだ。パリは予想通り寒くて陰気だった。太陽がちらりと顔を出したかと思うとすぐに隠れて、ぱらぱらと雨が降り、石畳を濡らした。

そんな二月のパリで、東アジアからふらりと訪れた貧乏学生は、無性に温かい料理が食べたくなった。するとパリに住む大学の先輩Mさんが、それならやっぱりクスクスだよ、と言って連れていってくれたレストランで、その料理は個別の皿に盛られて出てきた。一フランが八十円の時代に、一人前が十フランと少しだった。

焦げ茶色のソースがかかった黄色いちいさなつぶつぶの皿を見て、これはなに？

ときくと、Mさんは栗だという。ふうん、これ、栗かなと思いながら旅の記憶にしまいこまれた。その不確かな記憶を四半世紀後にただしてくれたのが、モロッコに住んで料理の腕を磨いたKさんだった。

えっ、クスクスは世界一ちいさなパスタだよ。小麦で作るんだから！　とびっくり顔で教えてくれたのだ。へえっ。

そのKさんのお家で、二段式の専用鍋で手作りした舌のとろけるクスクスをご馳走になったころ、まだレストランではなかなかおいしいクスクスには出会えなかった。

でもいまは東京都内のモロッコ料理やアルジェリア料理のレストランで、おいしいクスクスが食べられる。先日もわいわいと大皿で食べた。大勢で食べる料理なのだ。

いつだったかずいぶん昔の記憶だけれど、フランス語の翻訳小説をぱらぱらめくっていると「クスクス」という語が目に飛びこんできた。目を引いたのは割註がついていたからかもしれない。そこには「肉団子料理」ということばがならんでいた。あれ？　文字のとてもちいさな、活版二段組みの本だったから、出版されたのは六〇年代か七〇年代だったのだろう。

　ネットで「クスクス」を検索すると、出てくる出てくる。カラフルな写真に食材や特色が書きこまれて、レシピまでついている。クスクスというのは、小麦粉をちいさくまるめて乾燥させた極小パスタで、それを蒸したものに、煮こんだ肉、魚、野菜を汁ごとたっぷりかけて食べる料理だった。やっぱり。

　ネット検索など言うにおよばず、百科事典や辞書類にもアフリカの料理や日常生活の情報がほとんど登場しない時代に、翻訳者が北アフリカの料理について調べるのは本当に大変だっただろうなあ、としみじみ思う。

ペペスープとジョロフライス

アフリカ料理の話をもうひとつ。

鼻水を流し、ピリ辛の旨さに舌が焼けるように感じながら、顔を真っ赤にしてペペスープを食べるのは、金髪に碧眼の、心やさしいイギリス白人リチャードだ。ナイジェリア生まれの作家チママンダ・ンゴズィ・アディーチェの『半分のぼった黄色い太陽』のなかの一シーンである。ビアフラ戦争を背景にしたこの長編ラブストーリーには、見知らぬ料理がたくさん出てきた。

翻訳中、聞きなれない豆や野菜やイモの料理が出てくるたびに調べに調べた。翻訳をしていたころは、ネット検索をかけても、ナイジェリアの日常生活をめぐる情報はとても限られていた。作品は英語だが、料理の名前、ハーブや食材の多くが、著者アディーチェの母語であるイボ語だった。それがどんなものか知りたくて、東京にあるアフリカ料理店を訪ねあるいた。

原文にある pepper soup、さてこれをなんと訳すか？　最初はそのまま「ペッパー・スープ」としていたが、吉祥寺にあるアフリカ料理店のオーナーから「ペペスープだ」と教えられた。なぜそう呼ぶのかわからないが、そう呼ぶのだと。複数のアフリカ通の意見も「ペペスープ」だったのでそうした。

ペペスープとは魚やトリッパを香味野菜と香辛料でことこと煮こんだ激辛スープのことだ。味付けは胡椒だったり唐辛子だったり。アフリカ料理のレストランでついに食べた。これがめっぽう旨い！

それから約十年後に、あらためてネット検索をかけて驚いた。「ペペスープ」と日本語入力するとおびただしい数がヒットして、さまざまなレシピが出てくる。これだけ見ても、日本語で手に入るナイジェリア情報が、以前にくらべて格段に増えたことがわかる。日本語圏に住むナイジェリア人の数も格段に増えているのだろう。

ひさしぶりにアフリカ料理を食べにいった。あの広い大陸の各地の料理を食べさせてくれる店だ。シェフたちはコンゴの音楽を愛し、メニューにはおもに西アフリカと北アフリカの料理がならんでいる。いまは東アフリカの料理もあるようだ。そして店内は禁煙。ここが大切なのだ。アフリカ料理の店は最初のころは喫煙可が多かった。喉と気管がめっきり弱くなった人間にはとても無理だったが、いまは事情がちがう。

ナイジェリアは、アディーチェもいうように、雨季と乾季があるだけで四季がない。いつもたいてい暑い。そんな暑さのなかで激辛スープをふうふういいながら食べる。その辛さも半端ではないらしい。鍋の恋しい冬に、辛いスープで身体を内側からぽかぽかさせるのも悪くないだろう。

『半分のぼった黄色い太陽』のなかでもうひとつよく出てきたのがジョロフライス、肉や玉ねぎをパームオイルで炒めて米を炊きこんで作る。田舎出身のハウスボーイ、ウグウが次第に腕をあげていく料理だ。

この料理、「ウォロフ民族の飯」という意味からジョロフライスになったという説、セネガルなど西アフリカで魚をベースに浅めの鍋で炊きこむチェブジェンが元祖だという説、「歴史的経緯」により南北アメリカ大陸へ伝えられ、北米南部でジャンバラヤと呼ばれるのも仲間だという説、いまや世界中に散らばるアフリカ料理がそれぞれ起源を競っているようだ。

この「歴史的経緯」を即座に説明できる人は大西洋の歴史通だ。英語ウィキペディアはアフリカの混成文化を「カリブ」とぼかしたりしているが、アメリカ南部の台所で働いていたのはおもにアフリカンだ。アフリカン・アメリカンの文化はカリブ海で生まれたものというのが定説だが、音楽とダンスに強い特徴を持つアフリカン・アメリカン文化のなかで、料理は見過ごされてきた最重要な部分ではないのか。それはまた女性たちが担ってきた文化の精髄でもあるだろう。

古くはフランスの植民地、いまはフランス海外県となっているグアドループに生まれた作家マリーズ・コンデの母方の祖母は元奴隷だった。白人の屋敷に雇われたピカイチの料理名人だったという。コンデは二〇〇六年の著書『ヴィクトワール、味とことば』で、この祖母をめぐる物語を書いている。それによってコンデは、料理という文化の担い手だった黒人女性の労働に正統な評価をあたえようとしているように思えてならない。

ルサカ、闇の記憶

北海道から東京へ移動して半世紀がすぎた。

いま住んでいるのは建物の三階で、北西の窓から夕焼けが見える。冬は四時になると空が茜色に染まり、夏は七時ころまで明るい。窓から夕陽が空一面を焦がすのを見ていると、ときのたつのを忘れる。

少し離れた建物の向こうで、残光があたりを照らしはじめると、頭上の青い雲が刻一刻と濃さを増して、横長の雲の下端が紅の濃淡をにじませる。風が吹くと雲は吹き払われ、空はすとんと澄みわたる。

このたそがれどきが、一日のうちでいちばん好きだ。だから仕事を終えて散歩に出るのはいつもこの時刻になる。

夕暮れを「かわたれ」「たそがれ」と呼ぶ理由は高校の古典の授業で知った。向こうから歩いてくる人の顔がよく見えなくなる、おぼろになって誰かわからなくなる。あれは誰――かわ、たれ？　たそ、かれ？　という言い方からきたのだ、と学んだときは、外国語を学ぶように、妙に納得した。

たそがれを「逢魔がどき」ともいうと知ったのはずいぶんあとのことだ。魔物があらわれやすい時刻と知ってぞくっとなった。子どものころ、夕方は人さらいが出るといわれたのはそのせいか。不穏な気配があたりに漂い、心がきゅんとなる。まわりには誰もいない。でもまだ帰りたくない。物事の関係が不安定になって魔がさす時刻は、不思議な魅力をも秘めていた。

でも、都会暮らしが長くなり、その感覚がいつのまにか消えていった。若いころは午後から夕方にかけてが一日の始動時刻だったこともある。そんなワカゾー時代には、陽光が遠ざかった闇のなかでこそ真実が見える、などと粋がったりもした。

でも都会からはその「闇」さえ消えた。闇を嫌う人が多い。闇に恐怖を感じたことがないのは、田舎で生まれ育ったせいだろうか、などと考えながら、闇の記憶は遠くなり、遠くなったことへの違和感も薄れていった。忘却の力に魅せられて。

闇の、遠い記憶にいきなり襲われたのは、初めて訪れたアフリカ大陸でのことだ。

三十年ほど前になる。国連の反アパルトヘイト会議に参加するためジンバブウェのハラレへ行った。その足で、ミッションを負った仲間とザンビアのルサカを訪ねたことがある。空港に迎えにきた、当時はまだ非合法の解放組織だったＡＮＣ（アフリカ民族会議）の車で、ホテルまで走る窓から外をながめたときだ。

いきなり、闇を前にした眼球の表面から、ずっと向こうまで、完全に無光。これはあのときのあの感覚だ！　車の後部座席に座ったまま、ありありと思い出したのだ。強烈だった。

八歳の夏、盆踊りの帰り道だった。うつむいても自分の下駄の鼻緒が見えない。少し先にある水たまりの銀灰色の表面だけが、ぼおっと浮かんでいた。

その記憶が、ルサカの郊外を走る車のなかで、生々しくよみがえったのだ。それがわたしのアフリカ初体験の、いまとなってはひどく懐かしい、鮮烈な思い出になっている。

闇の気配が近づいたり遠ざかったりする薄暮のことを、フランス語で「クレピュスキュル」という。つい口のなかでころがしたくなる美しい音だ。夕方にかぎらず、曙光さす夜明けにも使われる。でも清々しい曙の光は、すっかり朝寝坊になってしまったわたしには、いまではとんと縁がない。

ひじ坊

数年間、猫といっしょに暮らしたことがある。やってきたときはまだ生後三ヵ月の仔猫だった。ふわふわの毛の色が混じり合って、あまり見たことのないランダムな混在色だ。

それまで猫をちゃんと見たことがなかったと気づいた。三毛、茶、黒、白、白黒まだら、くらいしか呼称も知らなかった。

都会人のあいだに猫ブームがやってきたのはいつごろだろう。いまではキジトラとか茶トラとか、そんな呼び方を誰もが知っているらしい。猫の写真本が飛ぶように売れる。ＳＮＳには愛らしい猫の写真や動画があふれ、おびただしい「いいね」ボタンが押されている。

わが家にやってきたのは知り合いの獣医さんがあずかっていた猫だ。貰い手を探しているからぜひ、と連絡があって、猫好きの娘と見にいった。

ちいさなケージから出された雌の仔猫を、娘は緊張しながら胸に抱いた。すると仔猫は娘のざっくりしたジャケットの襟に前肢をあて、猛烈な勢いで爪を研ぎはじめた。診察台にのせられると下にいた大きな犬に向かって、総毛立ちさせた背中をまるめて威嚇しながら、シャーッと唸りをあげた。そのちいさな勇姿にひとめぼれして引き取ることにした。

冗談半分に、名前は「アマゾネス？」と持ちかけたが、飼い主として責任者となる娘からあっさり却下された。やや長めの毛が黒や茶の濃淡の混じる斑入り模様で、ひじきの煮物みたいだった。そこで「ヒジキ」と名づけられて、やがて「ひじ坊」という愛称で呼ばれるようになった。

ひじ坊は良く見ると、顔が歌舞伎役者の隈取りのようなのだ。顔のまんなかに十字の区切りが入って、数学の座標軸さながら、X軸とY軸で区切られた四平面がぱっきり分かれている。そんな混在色の猫は「サビ猫」と呼ばれるのだという。

幼いころの田舎の家には山羊はいても猫はいなかった。母が「有用動物」の家畜は飼っても、ペットをべたべた可愛がるのを嫌ったからだ。犬が大好きだったわたしは、道で出会った犬の頭を手あたり次第に撫でていた記憶がある。一九三〇年代に北海道の大学病院で看護学を学び、結婚後は野良仕事をこなしながら、鶏をその手で絞めて料理していた母の目に、昨今のペットブームはどう見えただろう。

三ヵ月の仔猫の飼い主たちは猫を飼うのが初めてで、なにかにつけておろおろした。猫ってこんなに寝てばかりいるのかとびっくりもした。

家で仕事をすることの多いわたしが、あのころいちばん長くいっしょにいたかもしれない。ときどき姿が見えなくなると、どこへ行ったのかと探しまわった。たいてい、どこかにもぐりこんで昼寝をしていた。猫は狭いところが安心なのだ。慣れてくると緊張が緩んで、足元でもうとうとするようになった。

猫は人ではなく家につく、というのは鼠捕りをする「有用動物」として飼われたむかしの話で、いまではリュックや猫バッグでどこへでも運ばれていく。餌をくれる人がいっしょであれば、そこが棲家となるのだろう。

数年前に娘といっしょに引っ越していったひじ坊も例外ではなかった。訪ねていくとちゃんと覚えていて、ぺろぺろとわたしの手や顔をなめまくった。猫は記憶力が弱いなんていったのは誰だい？

しばらく前にひじ坊はガンで死んだ。術後は箱座りして、じっとこらえていた。かっちり目を見開いて。動物は痛み pain を感じても苦悩すること suffering はない、なんていったのは、いったい誰だい？

わたしお母さんだったけど

オカアサーン——という大きな声を夢に見る。呼んでいるのか、呼ばれているのか。

いつだったか、「あたしお母さんだから」という歌に「あたしお母さんだけど」と返す風通しのよさに拍手、と思った。

詩人で思想家の森崎和江が妊娠したとき「わたし」が使えなくなったという話を、最近また読んで、若い人たちの意見を聞いてみたいと切実に思う。

三人の子を孕んで産んで育てた身として、妊娠して「わたし」が使えなくなった記憶は、ない。もちろん妊娠にはなにものかに自分の身体が占領されていく切迫感があった。とくに最初のときは身も心もびっくり仰天、違和感にうろたえた。心身がようやく異物との折り合いをつけるころ、母体と胎児の関係が安定してくる。

　老いていく母親と成人した子どもたちのあいだで長い間、サンドイッチのハムのように挟まれている感じがしていたけれど、四年前に母が逝ってそれが消えた。時代の風もずいぶん変わって、はたと思う――森崎和江が「わたし」を使えなかった理由は「母子一体感」をもとめる「母性礼賛」の圧迫感のせいではなかったか。

「産めよ増やせよ」は、母であることを国家のための滅私奉公へ一直線につなぐ思想だ。戦前戦中、母系論で有名な高群逸枝がその強力なイデオローグであったことを、先日、再認識した。高群自身は子どもを産まなかった学者だが、それより時代は少し前、十二人の子を産んだ歌人の与謝野晶子は徹頭徹尾個人として生きた。この差はどこからくるのか？　そうか、キーワードは「個人」ではないのか。

　母性礼賛は男尊主義《マチスモ》と常にワンセットだ。母になること、母であることは、母性礼賛には直結しない。むしろ母子一体感に追い立てられた時代の後遺症として、母ではない者（たとえば男性）が母の苦労を無意識に抱えこみ、母性礼賛幻想にはまりやすい。

二十四時間の「ベタで母親」スタンスから抜けたころ、わたし、お母さんだったけど、仕事もしたし本も読んだ。わたし、お母さんだったけど、好きな音楽は聴いた。そこにはスイッチの切り替えがあった。行為自体の頻度は減ったが、主体はどちらもわたし個人。一九七七年に母となった身にそれは当然と思われたけれど、葛藤がなかったわけではない。社会的に受け入れられていたかどうかもまた別の話だ。

森崎は植民地朝鮮から引き揚げて、内地で日本語を獲得し直さねばならなかった人だ。当時の空気には、まだまだ母子一体の思想が強く残っていただろう。家事育児の労働量が半端ではなく、物理的にスイッチの切り替えがしにくい時代でもあっただろう。大多数の女たちがまず母として生きることを強いられた世代、無償の労働をすべて背負って犠牲的に生きることが美化された世代だ。

しかし、母かどうかだけで分けられない場合だってたくさんあるのだ。森崎和江はその声をすくいあげて『からゆきさん』を書いた。切羽まで降りる坑夫の声を

『まっくら』に記した。

この聞き書きの手法を用いて藤本和子が北米黒人女性の話を聞いて歩き、一九八二年に『塩を食う女たち』として届けてくれた。太平洋の向こうから、産んだ子を売り飛ばされて、母であり続けることさえできなかった奴隷女性の娘や孫娘の声が響いてきた。それが読む者の視界をガッと広げた。この本と、四年後に出たその続編『ブルースだってただの唄』が、二〇一八年と二〇二〇年に相次いで復刊された。飲み会がてらに知恵を出し合ってきた四人の「塩食い女たち」の楽しい努力の成果である。

高橋悠治のピアノ

青春時代とは、どうにも青臭くて、暗くて、みっともない時期だ。でも、あのころ出会ってから半世紀近く聴きつづけている音楽がある。グレン・グールドと高橋悠治だ。

完璧主義者のグールドは、あるときからコンサートを一切やめて、スタジオ録音によるアルバム作りしかしなくなった。神に捧げるような感じで弾くバッハには唸り声が入っていたりするが、フランス組曲にはそれがほとんどない。

第一番よりもちょっと華やかな第二番がいい。どんなに嫌なことがあっても、これを聴けばアジア的な感情の湿気が晴れて、気分が少しだけ軽くなる。最初に買ったころは分厚いダブルジャケットのLPでよく聴いた。何枚も買ってお土産や誕生日プレゼントにしたものだった。

　平均律クラヴィーア曲集やゴルトベルク変奏曲を聴くようになったのはかなりあとで、バッハ好きのJ・M・クッツェーの影響だったかもしれない。翻訳中だった『鉄の時代』に、主人公エリザベス・カレンが平均律クラヴィーア曲集から弾く場面があったのだ。翻訳上の質問ついでに、バッハの演奏は誰が好きかとクッツェーにたずねると「やっぱりグールドですね。ミセス・カレンのアプローチはグールドとはちがいますが」というきまじめな返事がきた。それでグールドを聞きなおした。

　でも、じつはわたしが好きなのは高橋悠治のバッハなのだ。なぜか、と自問してみるが、はっきりした答えは見つからない。音楽って好きか嫌いか、そのどちらかしかないのだ。嫌いな理由はあれこれ並べることができても、好きな理由はことばになりにくい。無理に言語化すると、吃音だらけのラブレターか、小学生の感想文みたいになってしまう。

そのせいだろうか、ファクトとしての専門家の分析や情報は別として、文学者が音楽に「ついて」書いた文章を読むのは苦手だ。神が降りてきたりするのでシラけてしまう。

高橋悠治のピアノを知ったのは、一九七五年ころに知人が自主企画コンサートをやったのがきっかけだった。そのときもプログラムはバッハ、いや、ジョン・ケージとJ・S・バッハだった。わたしの役割はチケットの「もぎり」だ。透明なフィルムに青インクで印刷したお洒落なチケットは、もぎることができなかったのだけれど……。

グールドのピアノは鋭角的で、聴いていると背筋が伸びて脳細胞が活性化される。高橋悠治のピアノは凛として、しかも耳に優しい。おなじ空間で「生」で聴くのが断然いい。

ひさしぶりに九月十九日、代々木上原ムジカーザで開かれた「五十人のためのコンサート 架空庭園の書」を聴きにいった。

プログラムはベルクの「ピアノ・ソナタ」、ハウアーの「ヘルダーリンの詩句によるピアノ曲集」、シェーンベルクの「架空庭園の書」。どれも十九世紀末ウィーンの多文化社会を背景に生まれた作品だそうだ。

ベルクのソナタを弾くピアノに全身の細胞がいっせいに聞き耳をたてる。猛暑の夏がようやく終わって、波多野睦美の歌と高橋悠治のピアノで演奏されるハウアーとシェーンベルクを聴く初秋の夜は、懐かしくも新たな覚醒のときだった。

昨年、長いあいだ眠っていたＬＰレコードをざっくり処分したが、その年八十歳になった高橋悠治のＬＰは、いまもやっぱりそこにある。盤に針を落とすことは滅多にないのに。

電車のなかの七面相

夕暮れの散歩道の折り返し点に保育園があって、よくお迎えの時間と重なる。お父さん、お母さん、お祖父さん、お祖母さんなどと家路をたどる、ちいさな人たちの姿がかわいい。

なかなか帰りたがらずに友だちときゃあきゃあ騒いで走る子、お母さんの手をしっかり握って一生懸命おしゃべりする子、車が入らないよう立てられた低いポールの取手をカチャカチャ鳴らして、ヤターッと嬉しそうに声をあげる子。あまりに得意げなその声を背後に聞きながら、わたしまでにんまりする。

ただそこにいる、それだけで人を喜ばせる存在というのがある。それまで思いもしなかった優しさや忍耐力を、こちらから引き出してくれる存在がある。それが子どもだ。世界を全身で発見していくちいさな新しい人たちのそばで、大人の自分もまっさらな目で世界を、自分を再発見する。それが子どもを育てる大きな喜びだったのだと思う。子育ての渦中では、そう思う余裕などほとんどなかったけど。

電車のなかで、向かいの席に座ったお母さんの腕のなかで、ぐずっている幼い子どもを見かけると、軽く目を合わせて、にっこり笑いかける。すると子どもはさっと視線をそらせて、おもむろにこっちを振り向く。かならず振り向く。

にっこり笑いかけると、またさっと横を見る。それからまた恐る恐るこっちを見る。相変わらず笑ってるごま塩頭の女性の顔をまじまじと見つめながら、子どもはついにニッと笑う。いつのまにかぐずるのをやめている。静かになった我が子に気づいたお母さんが、その子の視線の先をたどってにっこり。たまらない、このくりかえし。

混んできた電車のなかで、じっとしてるなんて、土台、子どもには無理なのだ。

だから不満を全身であらわす。子どもがぐずると、静かにさせなきゃとあせるお母さんの緊張がつのる。それが伝わって、子どもはさらにぐずる。

そんな親子を見たときは、いつも、電車のなかで七面相をする。目を大きく開いてじっと見る。口元をぎゅっと結んで突き出し、横を向く。顔を片手でおおって、手をぱっと放す。いないないばあをやる変なおばあさんを、向かいの席から、いぶかしげに見つめる子ども。たいていはぐずるのを忘れて静かになる。子どもを抱っこしたお母さんが微笑みながら、軽く会釈して下車していく。これは癖になる。やめられない。

憶良《おくら》らは
今は罷《まか》らむ
子泣くらむ
それその母も
吾を待つらむそ

奈良時代の詩人、山上憶良の有名な歌だ。かれこれ一三〇〇年も前の作品である。高校時代に学んだときは「大の男」が子どものことを歌うなんて辛気臭いと思った。男尊文化が骨の髄まで染みこんだ六十年代ガッコー教育。その感性を無意識に身につけたマッチョ女子高校生だったわたし。

じっくり考えてみると、この歌は掘り出し物ではないか。憶良ってカッコいいじゃん！　教科書もジャーナリズムも、なんと深く、なんと長く、「近代」が強いる男性文化と男性文体に浸透されてきたことだろう。

夕暮れどきの電車に、現代の若き憶良が大勢乗ってくる。「抱っこひも」で子どもを抱いて。いつもとちょっとちがう柔らかな表情をして！　そんな情景を強く幻視する。

燠《おき》火《び》は燃える

東京の夏の暑さに音をあげて、まだ中学生だった娘とカナダの島へ逃亡したことがある。バンクーバー沖にあるソルトスプリングという島だ。ひんやり涼しい森を「ここは天国か！」と思いながら散策したり、ふたり乗りのカヤックを漕いで沖の小島をめざしたり。隣をアザラシが泳いでいたっけ。

この島に友人カップルが住みはじめて、かれこれ四半世紀がすぎた。数年前から彼らと島の住人たちが興味深いリサーチを始めた。近隣のガルフ諸島に、日本人が移住しはじめたころの歴史を掘り起こし、それを冊子『Island Forest Embers／島

森　燠火』にまとめたのだ。

この地域へ先住民以外の人がヨーロッパや、アメリカ大陸のほかの地域からやってきたのは一八五八年前後だという。日系人の移民は少しあとだが、一九一四年ころには約一万人の日系移民が住んでいた。だが数字や統計は残っていても、その事実を示す具体的なモノは少なかった。

ガルフ諸島の森のなかに眠る炭焼き窯の存在を知った友人たちは、点在する窯の跡を掘り起こして当時の日系移民の暮らしを記録した。日系人たちはサケやニシン漁に従事しながら、漁の季節が終わると森に入って木を切り炭を焼いた。涙型に石を積み、粘土と藁土を混ぜて屋根を作り、最初の炭焼きで屋根を焼きしめて窯を造った。

二十世紀初頭、サケの缶詰工場では、大漁つづきのサケを加工するため炭は必需品だった。昔から金属の精錬加工や火薬製造などに炭は不可欠。とにかく、移民たちはできることはなんでもやったのだ。

第二次世界大戦が始まると日系人は強制収容所へ送られて、財産を没収された。

戦争が終わってもガルフ諸島に戻る人はほとんどなく、炭焼き窯は遺棄されたまま森で草に埋もれ、ひっそりと長い眠りについていた。草をとりのぞき土を掘り起こし、窯の跡を発掘した友人たちは、歴史資料で実証的裏づけを取り、『島　森　燠火』に記録した。

その本をぱらぱらめくりながら、窯の内部でじっくり燃える燠火を想像していると、突然、記憶の隅で「おれも混ぜろ！」と声をあげる者がいる。

矢走留五郎。明治期に一攫千金を夢見て太平洋を渡った冒険者、わたしの母方の祖父だ。旧伊達藩で名字帯刀を許された豪農の家に生まれたが、その名が示すとおり、矢が走る家ながら五男だったので、自力で人生を切り開くしかなかった。留五郎が友人と船に乗ってメキシコをめざしたのは、伊達藩には古くからメキシコと縁があったからだろう。

幼いころ、ワニのいる川を泳いだ冒険譚を幾度となく聞かされた孫娘は、長じてニューメキシコのサンタフェを訪れた。そのときアルバカーキーとサンタフェを結ぶ高速道路に沿って走る車の窓から「これがあの、ワニのいる川？」とリオグランデ川を見おろした。だが、冬枯れの深い谷底には、茶色の草と岩のあいまを細く流れる水が見えるばかりだった。

留五郎はうっかり川という国境を渡って帰国を余儀なくされたが、同行の友人はカリフォルニアのフレズノで葡萄園を経営するようになったとか。どこまでが事実でどこまでがほら話か判然としない物語は、娘に伝えられ、孫娘に伝えられ、かくして孫娘の数少ない北アメリカ体験とともに文字化される。

実証ぬきでささやかな「歴史／ヒストリー／物語」としても罪がないのは、こんな個人の作り話だけだろう。

「ン」？

アフリカの人の名前は「N／ン」や「M／ム」で始まることがとても多い。たとえばガーナの初代大統領はクワメ・ンクルマ Kwame Nkrumah だし、ナイジェリア出身の作家チママンダ・アディーチェのミドルネームはンゴズィ Ngozi である。

ところがンクルマ大統領がウィキペディアで、いまだに「エンクルマ」と表記されているのを知って驚いた。

アフリカが民族自立の熱い波にのって次々と独立したのは一九六〇年代のことだ。最初がガーナ。当時アフリカ情報のほとんどが、ヨーロッパ中心の情報にもとづいた英語やフランス語を経由して入ってきたためか、M（エム）、N（エヌ）と発音するヨーロッパ言語をそのまま受け入れてしまったらしい。だからンクルマがエンクルマになってしまった。

いまでは直接その人に聞くとか、ネット上の動画で発音を確認するとか、さまざまな方法でアフリカの現地音に近いカタカナ表記が可能だ。ところが、最初に定着してしまった音はなかなか変化しない。長いあいだ耳慣れた音を変えることに人は抵抗を感じるのだろう。

しかし。日本でサッカーのワールドカップが開催されてカメルーンの選手ムボマMbomaが「エンボマ」と伝えられたときは、またフランス語の誤った発音をそのまま入れちゃうの？　と釈然としなかった。最近のムバペMbappéもそうだ。この問題に関するメディアの責任は非常に大きい。

おまけに日本語ネイティヴはこの「ン」や「ム」で始まる発音がとても苦手だ。NやMの次に母音がくれば問題はない。やっかいなのは子音がくるときだ。正確には、これはちいさな「ン」と「ム」なのだが、さて、どう発音する？　そのコツは？

ここでちょっと音楽のことを思い浮かべてみよう。ポップやロックにアフタービートというのがある。弱拍で始まってから強拍となるあれだ。強いのはあくまで二拍目。クラシックならアウフタクト。指揮者が指揮棒を振りおろす直前に、軽く持ちあげるときのすばやい動き。息を吸いこむように指揮棒を振りあげる一瞬。これが「ン」や「ム」だと思えばいい。強いのはあくまで次の音だ。

たとえば、ンクルマなら「ク」が、ンゴズィなら「ゴ」が強くなる。口のなかで舌を上あごにくっつけて「ン」と準備しながら「ク」や「ゴ」の音を口の奥で破裂させる。あるいは、閉じた唇の内側で「ム」を準備しながら両唇を破裂させて「ボ」や「バ」の音を出す。

『アフリカを知る事典』も二〇一〇年の版から「ンクルマ」と表記を変えた。二〇一五年には『ンクルマ――アフリカ統一の夢』という歴史書も出ている。著者はアフリカ地域研究が専門の大学教授だ。現在はアフリカ人の名前はアフリカ人からじかに教えてもらえる。ヨーロッパ言語経由の誤りまで、アジアの言語が引き受けることはないのではないか。

英語やフランス語というリングア・フランカを介してではあるけれど、アフリカ発やアフリカ系の文学作品を訳してきて、いちばん気をつけるようになったのは、ヨーロッパ中心主義のバイアスに染まらないことだ。チママンダ・ンゴズィ・アディーチェが、かの有名なＴＥＤトーク「シングル・ストーリーの危険性」で世界中をうならせたのは、このバイアスのことだったのだから。

ンクルマ／ムボマ／ムバペ。さあ、これからはアフタービートで行こう。

チママンダとリムジンで

国際ペン東京大会のゲストとして初来日するチママンダ・ンゴズィ・アディーチェを成田まで迎えにいったのは、二〇一〇年九月末だった。

にっこり笑いながらゲートを出てきた若い作家と、新宿のホテルへ向かうリムジンのなかで話がはずんだ。作家の母親世代に近いわたしは、自己紹介をかねて、大学に通うため東京に住みはじめたときのことを話した。

最初は女子大の寮に入る予定だった。ところが男女共学の大学に合格したと知って、急遽アパート探しをすることになった。一九六八年当時、その大学は合格発表が四月初旬だったのだ。東京にはすでに兄が住んでいたので、彼といっしょにアパート探しをしてその助言で即決入居、でも兄とは別のアパートだった。最寄駅も二駅ほど離れていた。

「どうしてお兄さんといっしょに住まないの？」と多くの人からたびたびきかれた。女の子の独り住いは避けるべきものとされていたのだ。それに、いっしょに住めば家賃も生活費も安あがりだ。でも、別々がいい、いっしょだと妹のほうが余計に家事をやることになって勉強の時間が減る、と明言したのは、お金を出してくれる母だった。おかげで完璧な自由が手に入り、学生時代は解放感を満喫できた。

大正生まれの母は「この子は男だったらよかったのに」といわれながら育った。それが悔しくて、自分の子どもは平等に育てようとしたようだ。女の子を四年制の大学なんかにやってどうする？　といわれても気にしなかった。

住んでいたのは北陸や東北出身者の多い農村だ。戦後間もない時期は、有無をいわさぬ男尊女卑の風習も強く、おそらく母の考えや行動は、女たちからは遠目に一目置かれ、男たちの異論の烈風にはもろにさらされたにちがいない。農作業と家事育児介護を担う農家の女は現金を手にすることが難しく、外で働く女も、教師であれ看護婦であれ、家事育児のほぼすべてをやるのは当然という時代である。

　リムジンのなかでそんな話をしたのは、アディーチェを世界的な有名人にしたTEDトーク『男も女もみんなフェミニストでなきゃ』より二年も前のことだ。アディーチェはこのトークで、ナイジェリアの農村で頑固に自分の意思を通したひいおばあさんについて、そのころはフェミニストなんて語はなかったけど、彼女はフェミニストだったと語っている。それを訳しながら、わたしの母もまた先駆的フェミニストだったんだとしみじみ思った。まあひとり娘に託されたその夢はそこそこ重たかったけれど。

　フェミニストとは、男と女の関係が対等でありたいと願って行動する人のことだ、とアディーチェはこの語の定義をぐんと広げた。母と子の難しい関係は、心理学による親子関係の分析だけでなく、その人が生きた社会の特性や歴史事情を考え合わせる必要がある。そしていま。

　数年前にわたしは右上腕部を骨折した。一カ月は動かすなと若い整形外科医から指示がでた。その結果、右肩が固まってリハビリに手間取り、夕食作りはもっぱら連れ合いの仕事になっていった。

人は食べて育った家庭料理は作れるようになるもので、連日包丁を握るうちにぐんぐん腕をあげていった。元来の食いしん坊は自分好みの味つけに目覚めると、手早く茶碗蒸しやお吸い物を作る。両親が関西出身とあって上品な薄味が得意で、五目ちらしなど絶品である。そしていつしか夕食は彼の領分になった。

こちらは腕が鈍っていくが、子育て忙殺期には食事もお弁当もさんざん作ったんだし、夕暮れの散歩から帰るとご飯が待っている、というのはなかなか捨てがたい。

井戸とか猫とか長屋とか

生きていれば百歳を超える母の実家は文殊にあった。旧植民地北海道歌志内字文殊。かつて住友系の炭鉱としてにぎわった土地だ。お正月になると母や兄と訪ねたものだ。

家と家のあいだの細い路地をいくつも抜けて、急斜面の黒土の坂をのぼってたどりつく。その急な坂道の途中に風呂場をかねた別棟があって、なかに井戸が掘られていた。四角い木製の囲いにつかまり下をちらりとのぞくと、はるか下方に暗く光る水面が見える。深い、怖い。落ちたらどうする？　猫は落ちた。

天井から下がる滑車に綱が巻かれて、綱の先に金属のバケツがついている。祖母は握った綱をあやつり、バケツを水面にボシャンと打ちつけ、綱をぐいぐい引いて水を汲みあげた。二つの一斗缶に水を注ぎ、竿にかけて担ぎ、バランスを取りながら坂道をのぼり、玄関の敷居を踏みこえて台所の巨大な瓶をいっぱいにした。狂いなく水を汲みあげる手つきと、天秤棒を肩にかつぎあげる無駄のない動きに、五歳の少女はじっと見入った。井戸に猫が落ちてしばらく使えなかったのが難儀だった、といった祖母は何歳だったのだろう。

　台所の床を黒光りするまで磨きあげる手さばきも見事だった。台所と茶の間の境目に鎮座する巨大な石炭ストーブは、盛夏をのぞいていつも火が焚かれ、煮炊きはここでまかなわれた。ぴかぴかの床板を一枚持ちあげて、真っ暗な床下から手品のように石炭の塊を取りだす。大人の拳をゆうに三つほど合わせた大きさだ。ストーブの前扉をあけて放りこみ、デレッキ（火かき棒）で火力を調整する。

　新潟で生まれて北へ流れ着き、八人の子供を産んだが生き延びたのは四人、お腹に赤ん坊がいても洗炭場で働いた女の手には、深い無数の皺が刻まれていた。学校へ通わせてもらえず文字が読めなかった。よく祖父に新聞記事を早口で音読してもらっていた。線路を歩いて配給所までいったときの祖母の手の温もりが、五歳だった少女の記憶の小部屋でいまも鮮やかによみがえる。

隣接した赤平も炭鉱町で、母の妹たちが住んでいた。社宅と長屋があって、社宅は小高い丘の斜面に建つ社員と技師用で、平地に無限にならぶ木造長屋には鉱夫の家族がひしめいていた。十世帯用の細長い建物が切れて、別の建物が始まる通路に井戸端がある。ここでは蛇口をひねれば水が出た。米研ぎも洗濯もそこでやる。飲み水はこれまた天秤棒で女たちが各戸の大甕まで運ぶ。後日、ザンビアのルサカで女たちがポリバケツを頭上にのせて水を運ぶのを見て、ここではじかに頭にのせるのかと感慨深かった。

小学生のころ夏休みや冬休みに汽車を乗り継ぎ、長屋に住むおばさんの家に泊りにいった。燃料は石炭で電気代はすべて会社持ち。電気代は気にしなくていいのだという。常夜灯が夜中じゅう灯っていた。田んぼのなかの一軒家でいつも真っ暗にして寝ていたのでなかなか寝つけない。一番方、二番方、三番方と鉱夫は三交代制で働く。真夜中に帰ってきたおじさんの声が隣室でぼそぼそと聞こえる。大きな柱時計が半時間ごとにボーンと鳴って、そのたびに目が覚める。

　ぼうっとして起きだした朝、勝手口に納豆売りがやってくる。学生服を着た中学生の男の子から、おばさんが藁筒に入った納豆を買っている。朝食は麦御飯、みそ汁、漬け物に納豆、持参した生卵。

　厄介なのがトイレだ。十軒長屋の建物のあいだにこれまた細長い便所棟が建てられていて、すべて和式、すべて汲取式だ。夜中に用を足すときは下駄をつっかけてそこまで行かねばならない。夏はまだしも、冬場は雪上を歩いていくのだ。吹雪の夜が最悪だ。寝間着のまま靴下をはき、おばさんの角巻をはおり、恐る恐る勝手口の戸を開けて外へ出る。つっかけ下駄の裏に分厚い雪が付着する。ときどき下駄の裏を地面に押しつけ、ねじり、雪を剝がす。

　赤平のいとこたちと文殊の家にわいわい押しかけた。祖母の蒸しパンを競って食べた。お正月も。干しぶどうが入った祖母の蒸しパンはほろ苦く、後ろでは母が妹たちと大きな声で笑っていた。

炭鉱の隆盛は半世紀ほどであっけなく幕を閉じて、記憶のなかの歌志内も赤平も、若かった母の姿とともに輪郭がにじんでいく。

雪ふりしきる

降りしきる雪のむこうに、じっと目をこらしていた。あれは一月か、二月の夕暮れ近く。たぶん三歳になったばかり、あるいは四歳だったか。

　雪国の冬は午後三時をすぎると、すでに闇の裾が足元からひたひたと迫ってくる。それでも、退屈しきった少女は外に遊びに出たい。母にねだって家の外に出してもらった。ちいさなシャベル型のじゅうのうを握り、家の前ですこし雪かきの真似ごとをして、細長い引きこみ路を山二線までぷらぷらと出ていった。こんこんと雪が降る。空はない。道に出ても、少し先は道も輪郭をなくしている。通る人もいない。

あたりは薄闇が濃くなっていく。なんだか心細い。でも、家には戻りたくない。まだだ。手の先がかじかんでくる。

山二線に立って、バス道路へつづく方角にじっと目をこらす。空から降りてくる微細な粉雪をまぶされて、全身すっぽりと包まれる。路も、足元のゴム長靴も、ぼんやりしてきた。だれもいない。犬もいない——道端で後ろ足をあげて、雪肌に黄色い跡を残していく野良犬たち。

帰ってこないかなあ。路のはてを、目が痛いほどじっと見る。

すると、白くて暗い視界のなかに、ボーッと人影が浮かびあがる気配がする。近づいてくる。目をこらすが、はっきりしない。影が少しずつ大きくなる。縦長の影になり、人間のかたちになり、黒いオーバーの襟を押さえる片腕が、曲がった肘が、識別できるようになる。斜めに走る白い破線の糸のなかを、うつむいて、吹きつける雪に逆らうようにして、歩いてくる。知らない人かも、と少女は引きこみ口に身を寄せて、前かがみになり、雪の山から首だけ出してのぞき見る。父だ。

奇妙なことに、少女はそのときはっきりと感じたのだ。あとから記憶を上書きしつづけたわけではないと言えるかどうか心もとないけれど、それでも、いま見ているこれは、この白くて暗い吹雪の情景は、これからもずっと覚えている、ずっと、初めての記憶として覚えているとそのとき思ったのだ。

　でも、雪まみれの少女はまだ知らない。やがてその影の主が、少女が持ち帰った通信簿を見て、「女は学校の成績だけじゃだめだ、旨い飯を炊けなければ」と説教するようになることを。そして少女から激しい反発を受けるようになることを。

ミルクカートンの抒情詩

家の近くにしだれ柳がいっぽんあって、木々が芽吹く季節になると、うっすらと萌黄色の衣装をつけはじめる。なだらかにくだる坂の途中で、まだ冬の衣装を脱ぎきらない暗色の林を背景に、細い枝が風に揺られて、日を追うごとに黄緑色に染まっていく。ひときわ目にしみる色だ。

その下を歩いていて、ふいに気づいた。あ、ミルクカートンの歌だ。小学生の子どもたちを送り出したあと、洗って、切り開き、乾かす作業をくりかえしたミルクカートン。そこには歌が印刷されていた。抒情詩だ。

やはらかに柳あおめる北上の岸辺目に見ゆ泣けとごとくに　　石川啄木

むかし教科書に載っていた短歌だ。啄木は肺結核になって病苦と経済的逼迫のために二十六歳で逝った。この歌も、この歌人も、めそめそしていて高校時代は好きになれなかった。あのころは「あわれ」とか「泣く」とか、自他の境をあいまいにする自己憐憫の涙が大嫌いだった。酔って自分の不遇を嘆きながら妻に絡む人の姿に重なったからかもしれない。

　ところが、ある日この歌を「ゆるせる」と思ったのだ。それは母から「泣くな」と強く言われて、唇を噛みつづけて育った元少女が、涙は流してもいいのだと知った瞬間だった。すでに四十歳の坂をこえていた。ずいぶん遅いさとりだったといまは思う。

　ふたりの娘たちは小学校の卒業式の日から泣く子に育っていた。ほとんど全員がそのまま近くの中学校へ通うことになっているのに、おいおいみんなで泣くのだ。

パフォーマンスみたいで笑いたくなったけれど、娘たちに泣くなとは言わなかった。涙は邪気を流し去り、かたくなな心に降り注ぐ慈雨にもなるのだから。

武家の末裔だった父をなにより誇りにして育った娘、それがわたしの母で、泣くことは屈辱だと思っていたふしがある。厳しいけれどまっすぐな心の奥には、温かさが埋み火のように眠っている人だったけれど、身振りとしての優しさやあまやかさは抑えこまれて育ったらしい。ないものねだりの世界から過去をのぞきみてあれこれことばを連ねてみる。

——おかあさん、また別の世界であなたと会えたなら、そして、もしもあなたがわたしの娘だったら、泣いてもいいよと言ってあげたい。涙は流してもいいんだと言ってあげたい。

そんなセリフを書きつけたくなるのは、若くして逝った息子を作家が死後世界で育て直そうとするような小説を読んでしまったせいだろうか。

毎年、母が逝った雪解けの季節が終わり、柳が「やはらかに、あおめる」ころになると、目にしみる色の濃淡で憂いの深さを測ることを覚えた。柔らかに青める柳の濃淡が春憂のバロメータとなったのだ。

群島の北の、ある島で、ある時代の制約を生きながら、それぞれのやむにやまれぬ修羅場を演じた男と女も、いまは乾いた白い姿になって土に還るときを待っている。

青年

ひさしぶりに真夜中の電車に乗った。

数年前までは、イベントの打ちあげや「ご飯会」と称して、数人の友人たちと飲みながらわいわいおしゃべりするうちに、あっという間に時間がすぎて、あわてて深夜の電車に飛び乗ることはめずらしくなかった。最近はさすがに回数が減ったけれど、先日めずらしく遅い電車で帰宅することになった。

最寄駅は都心の始発駅から特急でも小一時間はかかるので、いつもなら一本待ってゆっくり座って帰るところだけれど、その日は若い研究者と、南部アフリカの歴史や、反アパルトヘイト運動がさかんだったころのことなど、おしゃべりに花が咲いて、おや、もうこんな時間！　と大急ぎで家路についた。勢いにまかせて、途中まで立つことになってもいいや！　とホームに入っている車両に乗りこんだ。座席はすでに埋まっている。比較的すいているところまで移動して、つり革をつかんだ。すると斜め前に座っていた青年がいきなり立ちあがって席を譲ってくれたのだ。めったにないことなのでびっくりした。

浅黒い顔の、すらりと背の高い青年だった。立ちあがったとき、ひと声なにやら発したのだけれど、なんといったのかわからない。おしゃべりとワインで霞んだ頭が、声から意味を抽出できない。たぶん、どうぞ、というような意味だったのだろう。そこで、とっさに「サンキュー」と英語で返してしまった。なんで「サンキュー」なんていったんだ？　腰をおろしてから苦笑いがこみあげてきた。

席を譲ってくれた青年はとても背が高い。若者と呼びたいところだけれど、なぜか青年ということばがしっくりくる。

混んでいた車内も途中からだんだんすいてきて、その青年のようすがはっきり見えてきた。黒い髪、やや浅黒い、ほりの深い顔に顎ひげを蓄え、ドア付近に立って、ポケットから取り出したスマホに見入っている。

持ち物は黒いキャンバス地の大きな縦長のリュックがふたつ。ひとつを網棚の上にのせ、もうひとつを胸の前に抱えている。網棚のリュックは荷物ががっちり詰まっているが、抱えたリュックは雫のようにしもぶくれしている。暗色のダウンコートを、ボタンをかけずにはおっている。そして足には、なんと、サンダル。一気にワイン頭の靄が晴れた。

働きにきたのだろうか。勉強にきたのだろうか。友人や知人を訪ねていくところだろうか。さまざまに想像はふくらむ。まだこの社会に馴染みきらない気配が、その人にはあった。

外部の人たちに対して異常なまでに閉鎖的、排外的、差別的なこの社会の事情を考え合わせると、どんどん懸念がふくらむ。あれこれ心配もつのる。青年を見ていると他人ごととは思えない。他人ごとどころか、彼をいま包んでいるこの社会のひどい制度や空気を作ってきたのは、総体的に、わたし自身でもあるのだ。

プロフィールを記憶するため、何度も遠目に見つめてしまった。電車から降りる前に、もう一度ちゃんと「ありがとう」と日本語でいいたかった。でもその青年は、ついにこちらを振り向くことなく、途中で下車していった。青年が、母親のような高齢の者に席を譲るのは当然とする、この社会ではいまや「古風」な価値観のなかで育ったのはまちがいない。

「ひさしぶりに真夜中の電車に乗った」と書いてから三年がすぎようとしている。外からやってくる人たちをめぐって、この社会は、いったいどこへ向かおうとしているのだろう。暗雲は晴れない。憤りもおさまらない。でも、さっと席を譲ってくれたその青年の優しさだけは、これからもずっと忘れずにいたいと思う。

初出一覧

・記憶のなかのピンネシリ
「北海道新聞」
２０１２・９・17

・神威岬の奇岩
「アフンルパル通信10号」
２０１０・７・１
（シャコタン）
「日経新聞」
２０１８・10・26

・産みたて卵につみはない
「水牛のように」
２０１４・１・１

・道産子
「水牛のように」
２０１２・10・１
（馬、名前はない）
「日経新聞」
２０１８・11・16

・懐かしい農具たち
「水牛のように」
２０１３・９・１

・ポンプと地下水
「水牛のように」
２０１４・８・１

・つんのめるようなエンプティネス
「水牛のように」
２０１４・10・１

・ぎんぎん　ぎらぎら
「水牛のように」
２０１３・10、
「三つのエピソード」
『アイヌ民族否定論に抗する』
２０１５所収

・こくわの実
「三つのエピソード」
『アイヌ民族否定論に抗する』
２０１５所収

・あさひ、という名の林檎
「アフンルパル通信12号」
２０１１・11・10

・決定的な亀裂
「水牛のように」
２０１４・11・１

・サイロのある家
「アフンルパル通信14号」
２０１４・５・20
「日経新聞」
２０１８・８・31

・日本語再学習から「世界文学」まで
「現代詩手帖」
２００８・９
（わたしは感謝する）

・たそ、かれ、ボードレール
「すばる」
２０１７・７

・へろへろＯＬ時代
「水牛のように」
２０１４・３・１

・井戸とか猫とか長屋とか
「図書新聞」
２０２０・１・１

日本経済新聞――プロムナード
（２０１８・７〜12）

・山羊と水葬（真冬の水葬）
・チャコールグレーの洋館
・ジョンとポール
・ニーナ・シモン
・生き物たちのさざめき
・湿気のない土地
・どこでも朝顔
・クスクスの謎
・ペペスープとジョロフライス
・ルサカ、闇の記憶
・ひじ坊
・わたしお母さんだったけど
・高橋悠治のピアノ
・電車のなかの七面相
・燠火は燃える
・「ン」？
・チママンダとリムジンで
・青年

くぼたのぞみ　Kubota, Nozomi

一九五〇年、北海道新十津川生まれ。翻訳家・詩人。

著書：『J・M・クッツェーと真実』（白水社）、『鏡のなかのボードレール』（共和国）

詩集：『風のなかの記憶』（自家版）、『山羊にひかれて』（書肆山田）、『愛のスクラップブック』（ミッドナイト・プレス）、『記憶のゆきを踏んで』（水牛／インスクリプト）

訳書：J・M・クッツェー『少年時代の写真』（白水社）、『マイケル・K』（岩波文庫）、『鉄の時代』（池澤夏樹＝個人編集 世界文学全集 1-11、河出文庫）、『サマータイム、青年時代、少年時代──辺境からの三つの〈自伝〉』（インスクリプト）、ポール・オースターとの『往復書簡集』（共訳、岩波書店）、『ダスクランズ』『モラルの話』（共に人文書院）、チママンダ・ンゴズィ・アディーチェ『なにかが首のまわりに』『アメリカーナ』（共に河出文庫）、『半分のぼった黄色い太陽』『男も女もみんなフェミニストでなきゃ』『イジェアウェレへ　フェミニスト宣言、15の提案』（いずれも河出書房新社）、サンドラ・シスネロス『マンゴー通り、ときどきさよなら』『サンアントニオの青い月』（共に白水Uブックス）、マリーズ・コンデ『心は泣いたり笑ったり』（青土社）、ゾーイ・ウィカム『デイヴィッドの物語』（大月書店）ほか多数。

山羊と水葬

2021年10月20日　第1刷発行

著者　くぼたのぞみ
発行者　田島安江
発行所　株式会社 書肆侃侃房（しょしかんかんぼう）
〒810-0041
福岡市中央区大名2-8-18-501
TEL 092-735-2802
FAX 092-735-2792
http://www.kankanbou.com
info@kankanbou.com

編集　田島安江
ブックデザイン　成原亜美（成原デザイン事務所）
印刷・製本　シナノ書籍印刷株式会社

ISBN978-4-86385-494-9 C0095